14,90

EINEN BLICK WERFEN

Joachim Zelter

EINEN BLICK WERFEN

Literaturnovelle

KLÖPFER&MEYER

Das Sagen ist nämlich nicht nur der Ausdruck,
sondern die Realisierung des Denkens.

Walter Benjamin
Denkbilder

Was hier erzählt wird, ist keine Fiktion. Alles ist wahr, oder bewegt sich zumindest nahe an der Realität. Abweichungen des Erzählten von wirklichen Begebenheiten oder wahren Verhältnissen wären also rein zufällig – oder ein letzter Tribut an die Literatur.

Er meldete sich in der Dritten Person. *Selim Hacopian hat ein Buch geschrieben.* So begann der Brief. In der Dritten Person. So wie Caesar in der Dritten Person von sich geschrieben hatte. *Selim Hacopian hat ein Buch geschrieben.* Keine fünf Jahre ist das her. Aus dem Nichts kam dieser Brief. Er erreichte mich als E-Mail. Noch immer denke ich an die Tragweite dieses ersten Briefes. Was zum Beispiel passiert wäre, wenn ich diesen Brief gar nicht beantwortet hätte. *Selim Hacopian hat ein Buch geschrieben.* Warum gerade ich, dem er das mitteilen wollte, dass er ein Buch geschrieben hatte. Und warum gerade ich, der auf eine solche Mitteilung reagieren sollte. *Selim Hacopian hat ein Buch geschrieben.* Dann machte er eine kleine Pause, ein paar Leerzeilen …, und fügte hinzu: *Er würde Ihnen gerne was schiecken.*

Ich antwortete postwendend: Bitte nichts schicken. Was immer er auch zu schicken gedachte. Dass sich auf meinem Schreibtisch Berge von Arbeit stapelten. Also bitte nichts schicken. Das antwortete ich ihm, und erst jetzt bemerkte ich die

Schreibweise des Wortes *schiecken*. Schon diese Schreibweise weckte meine Befürchtungen. Er würde gerne was *schiecken*. Das klang nach Umständlichkeit und Verschrobenheit und Arbeit. Also antwortete ich: Bitte nichts schicken. In welcher Schreibweise auch immer er mir etwas schicken wollte. Bitte nichts schicken.

Später entdeckte ich im Anhang seiner E-Mail eine Datei, die dem Brief beigefügt war, womit seine Frage, ob er mir etwas schicken dürfe, von Anfang an obsolet war. Er schickte. Was immer ich dazu auch sagen würde. Er schickte. Das Geschickte war schon längst auf meinem Computer. Noch bevor ich die Frage überhaupt gesehen oder bedacht hatte. Er schickte.

Er schickte einen Lebenslauf. Als ob er damit signalisieren wollte: Sehen Sie, es ist doch nur ein Lebenslauf. Geboren in Namangan, Usbekistan, Übersiedlung der Familie nach Pakistan, von dort ausgewandert nach Ägypten. Religion Koptisch. Davor andere Konfessionen. Offiziersanwärter. Eine erste Chinareise. Eine zweite Chinareise. Kamelreitlehrer. Pyramidenführer. Tauchlehrer. Übersiedlung nach Deutschland. Begegnung mit Gerhard Schröder. Koch auf einem Flussschiff. Studium der Byzantinistik und Ägyptologie …

Der Lebenslauf lese sich in der Tat wie ein Abenteuerroman, antwortete ich ihm, um irgendetwas zu antworten, denn als Abenteuerroman wollte er den Lebenslauf wohl verstanden wissen – ein Lebenslauf wie ein unabweisbares Schaut-nur-her. Hier bin ich. Das bin ich.

Er dankte. *Selim Hacopian dankt.* Er dankte für meine Antwort – so einsilbig und knapp meine Antwort auch gewesen war. Und er fragte: Ob ich ein Buch für ihn signieren würde? Er meinte ein Buch von mir, das er eigens gekauft und gelesen hatte und das er gerne *noch einmal* lesen wollte. Sobald ich es signiert habe. Und er schickte mir – auf dem Postweg – mein Buch, in das er eine Markierung gemacht hatte, wo ich es am besten für ihn signieren sollte. Also signierte ich: *Für Selim Hacopian mit allen guten Wünschen.* Und ich steckte das Buch in einen Umschlag und brachte es zur Post.

Er dankte, fast überschwänglich, mit einer Reihe von E-Mails und auch mittels einer gewaltigen Postkarte, die er mir geschickt hatte: *Danke!* Mehrere Male klingelte das Telefon. Auf der Anzeige war immer dieselbe Nummer zu sehen, genau die Nummer, die er mir auf die Postkarte geschrieben hatte, um ihn anrufen zu können. Er sprach nicht direkt auf meinen Anrufbeantworter. Er holte vielmehr Luft. Er atmete. Oder wartete. Bis ich abnehmen würde. Oder bis er selbst irgendwann auflegte. Aus der Umständlichkeit des aufgelegten Hörers klang Enttäuschung – und die Frage: Ob ich denn nicht mit ihm sprechen wolle? Er würde so gerne mit mir sprechen. Über mein Buch und über andere Dinge. So jedenfalls klang die Art des aufgelegten Hörers.

Ich erklärte ihm per E-Mail, dass ich sehr beschäftigt sei, in nächster Zeit auch unterwegs zu einer Schriftstellertagung – und dann zu einer Lesereise.

Lesereise?

Ja, Lesereise.

In regelmäßigen Abständen schrieb er mir nun E-Mails und fragte mich danach: *Wie war Lesereise?* Oder: *Hoffe angenehme Lesereise*. Ich antwortete nicht. Und als ich – nach weiteren Briefen, die er gesendet hatte – doch antwortete, da erklärte ich, dass ich bereits erneut auf dem Sprung sei, zu einer weiteren Lesereise. Lesereise auf Lesereise. Immer weitere aufeinander aufbauende oder ineinander verschachtelte Lesereisen.

Dann hörte ich eine Stimme. Ich war in der Stadt beim Einkaufen und hörte jemanden rufen: *Herr Schrieftsteller!* Ich eilte weiter, so als hätte ich mit dieser Stimme nichts zu tun, und auch nichts mit dem Wort Schriftsteller …

Herr Schrieftsteller!

In immer kürzeren Abständen.

Herr Schrieftsteller!

Ich antwortete im Weiterlaufen, mit immer schneller werdenden Schritten, dass es jetzt nicht gehe, dass ich unterwegs sei zu letzten Besorgungen – fast hätte ich gesagt: Besorgungen vor einer weiteren Lesereise, doch ich sagte etwas anderes, während ich mit großen Schritten weiterlief und er – eine untersetzte Gestalt – mir mit kleinen Schritten und leichten Verbeugungen folgte. *Herr Schrieftsteller.* Im Spiegel eines Schaufensters sah ich den Größenunterschied: ich ungewöhnlich groß, er außergewöhnlich klein. Eine kindhafte Erscheinung. In dienerhaften Bewegungen lief er hinter mir her, immer ein oder zwei Schritte hinter mir, ohne eine zu große Distanz zwischen uns aufkommen zu lassen.

Er fragte nach meiner Lesereise. Er sagte nicht Lesereise, sondern *Leser*reise.

*Wie war Leser*reise*?*

Nicht *Leser*reise, sondern *Lese*reise, antwortete ich. Das sei ein Unterschied.

Er nickte erstaunt.

Dann zustimmend.

Später sogar ehrerbietend.

Nicht *Leser*reise, sondern *Lese*reise.

Als wollte er sagen: *Nicht böse sein, Herr Schrieft-*

steller. Und er folgte mit kleinen Schritten. Eine Tasse Cappuccino, die ich irgendwo, in einem abgelegenen Café trinken wollte, und es bestand kein Zweifel mehr, dass wir gemeinsam in dieses Café eintreten würden, er und ich, um endlich, wie er meinte, um uns endlich kennenzulernen. Eine Kellnerin servierte mir eine große Portion Cappuccino, während er nur eine kleine Portion bestellte, die kleinstmögliche Portion – so als wären diese beiden völlig unterschiedlichen Tassen eine Form von Ehrerbietung. Oder von natürlichem Gefälle.

Er trank in kleinen Schlücken. Vielleicht, um möglichst lange von dem Augenblick zu zehren. Und sprach das Wort Mittagspause. Als wäre das eine ungeheuerliche Sache.

Miettagspause.

Wie Miete sprach er das.

Miettagspause.

Dass diese *Miettagspause* zu einer Stelle gehöre, eine Stelle in der Stadtbücherei. Seine Frau habe diese Stelle für ihn aufgetan. Er sagte nicht Frau, sondern Braut.

Meine Braut.

Mit einer entwaffnenden Arglosigkeit sagte er das. Und mit großen Mundbewegungen. *Meine Braut*. So wie er alles, was er sagte, in geradezu kindlicher Ergebenheit aussprach – und mit einem heiligen Ernst: *Meine Braut. Die Miettagspause. Die Stelle.*

Er staube Regale ab.

Er binde Bücher ein.

Oder räume Bücher auf.

Und er habe dort *meine* Bücher entdeckt. Beim Abstauben der Regale habe er sie entdeckt. Und angefangen in ihnen zu lesen. Schon während der Arbeit. Hinter Regalen sitzend. Oder in einem Waschraum. Und er habe die Bücher dann ausgeliehen und mit nach Hause genommen. Weil er eine Leidenschaft für Bücher habe. Er sprach von ihnen wie von Freunden. Nicht nur von meinen Büchern sprach er so, sondern auch von anderen Büchern. Er behandelte sie wie Verbündete oder Freunde, menschliche Wesen, mit denen man sich unterhält, sich streitet oder auf Reisen geht …

Als er hierherkam.

Selim Hacopian.

Vor wenigen Jahren.

Ohne irgendetwas.

Außer sich selbst.

Und einem Koffer.

Und ein paar Büchern.

Nur seine Frau.

Die er kennengelernt hatte.

An einer Straßenbahnhaltestelle.

Nachdem er sich neben sie gesetzt hatte.

Und er sie angeschaut hatte.

Und sie nach ihrem Namen gefragt hatte.

Und sie ihren Namen *gesagt* hatte.

Und er ihren Namen gesprochen hatte. Wie noch nie ein Mensch ihren Namen gesprochen hatte. Einfach so. Und beide zusammen aufgestanden waren und durch die Stadt gingen … Und zusammenblieben. Und sie damit anfing, seine Papiere zu sichten, und sie dann zu ordnen. Und mit ihm zu den Ämtern ging. Und an Schaltern für ihn sprach. Und auf Gängen mit ihm wartete. Und ihn heiratete. Und mit ihm zusammenlebte. Und eine Stelle für ihn aufgetan hatte, die ja gar keine richtige Stelle war, sondern nur eine Art von Stelle, ein Praktikum, ein Anfang oder ein Übergang …

All das erzählte er mir, und ich fragte, ob seine Mittagspause nicht längst zu Ende sei. Doch er wich aus. Was sei diese Mittagspause – im Vergleich zu dem Umstand unseres Zusammentreffens. Was sei diese Mittagspause im Vergleich zu dem, was er mir noch alles sagen wollte, zum Beispiel über meinen neuen Roman. Er wollte einiges dazu sagen. Worüber er gelacht und worüber er geweint habe. Und welche Stellen des Romans er seiner *Braut* vorgelesen habe. Und was sie dazu gesagt habe. Und was er dann wieder dazu gesagt habe …

Ob Herr *Schrieftsteller* …

Ja?

In einer freien Minute …

Minute?

Vielleicht einen *Blieck* werfen könnte …

Einen Blick?

Einen kleinen *Blieck* …

Worauf?

Auf einige Seiten …

Die er geschrieben hatte.

Es wäre ihm eine *Ähre*.

Seine Hand griff in einen winzigen Rucksack, der bei ihm lag, und ich sah bereits die ersten Seiten, die er mir zu zeigen gedachte und die ich auf keinen Fall lesen wollte. Gibt es doch kaum etwas Quälenderes als eine solche Frage: Ob man vielleicht einen Blick werfen könnte – nicht auf eine Zeitung, nicht auf ein Bild, nicht auf einen Sonnenuntergang, sondern auf ein Manuskript, das einem gereicht wird. Aus dem Nichts. Wenn ein solches Manuskript nicht irgendein Manuskript ist, sondern gleich das eines Schriftstellers oder eines Menschen, der von sich glaubt, er könnte ein Schriftsteller sein oder er sei dazu bestimmt, ein Schriftsteller zu werden. Obgleich es schon viel zu viele gibt. Wenn also – ohne Vorwarnung – ein Manuskript auf den Tisch gelegt wird, das man lesen soll, nachdem man selbst über Stunden oder Tage in einem fort geschrieben hat. Und man in der ersten freien Minute sogleich die Manuskripte eines anderen lesen soll. Ihre Bemühtheit. Ihre Umständlichkeit. Ihre Verschrobenheit, Verkünsteltheit und Vergeblichkeit. Ihre schiere Unverständlichkeit. Wenn diese Seiten nicht die Seiten eines Briefes oder einer Zeitung oder eines gewöhnlichen Menschen sind, sondern gleich die eines Schriftstellers, der in jeder Zeile, die er schreibt, erklärt, dass er Schriftsteller ist oder es unbedingt sein möchte. Schriftsteller. Und dass das Geschriebene deshalb in besonderer Weise dazu bestimmt ist, mit der größten Zustimmung gelesen zu werden, nicht von irgendjemandem, sondern unbedingt von einem anderen Schriftsteller. Und nicht einfach nur gelesen zu werden, sondern auch noch verstanden zu werden, in seinen Absichten, in seinem tiefsten Wesen, in all seinen Absonderlichkeiten … Und nicht nur verstanden, sondern auch noch gelobt, heftig nickend und mit weit aufgerissenen Augen gelobt zu werden. *Das ist ja ausgezeichnet.* Jede Zeile, jedes Wort, jedes Komma, und sei es auch ein völlig verfehltes Komma, denn jedes verfehlte Komma ist, wenn es das Komma eines Schriftstellers ist, ein gewolltes, ein unvermeidliches, ein alles entscheidendes Komma. Warum ich, ein Schriftsteller, das nicht sehen würde. Warum ich das nicht sogleich hervorheben und loben würde. Warum ich das nicht schon auf den ersten Blick, mit einem Aufschrei der Freude und Zustimmung bemerkt hätte. Also Lob, heftig nickendes Lob, nicht nur Lob über einzelne Seiten, sondern über ganze Bücher gesprochen, die man kaum versteht, die man nicht einmal wirklich liest – man hat ja gar nicht die Zeit dafür.

Weshalb ich schon daran gedacht habe, eine solche Arbeit nicht mehr länger selbst zu machen, sondern sie an andere zu delegieren, etwa an Studenten, die man dafür bezahlen würde. *Schriftsteller sucht studentische Hilfskraft. Zum Lesen zeitgenössischer Romane.* So oder so ähnlich. Mit der Maßgabe, die Romane baldmöglichst zu lesen und mir dann zu berichten, worum es in diesen Romanen ungefähr gehen könnte, und was ein solcher Roman bedeuten könnte: Jugend, Realismus oder Neorealismus. Oder was auch immer. Also lesen, irgendjemand muss es ja tun, all diese Romane zu lesen, und nicht irgendwie zu lesen, sondern wohlwollend und mit Begeisterung zu lesen – und natürlich zu loben, sich bereits im Akt des Lesens lobende Sätze zurechtzulegen. Denn was will ein Autor, der mir ein Manuskript oder ein Buch schickt, anderes hören als ein Lob, ein fulminantes, unvergessliches und alles entscheidendes Lob. Sätze wie: *Mit großem Interesse* … Oder besser: *Mit dem allergrößten Interesse habe ich den Roman nun gelesen und* …

Und?

Und … ich bin begeistert.

Wirklich?

Ja, begeistert!

Überwältigt, berührt und begeistert.

Derartige Sätze: Beglückungssätze, Begeisterungssätze. Und Verabschiedungssätze, mit denen man die Briefe beendet. Dankend, lobend, grüßend. Und vorbeugend, dass keine weiteren Romane mehr geschickt werden. Bitte keine weiteren Romane mehr schicken. Und auch keine Gedichte oder Erzählungen. Und auch keinen Blick werfen. Nicht einmal einen flüchtigen Blick, da derartige Blicke sich ausweiten und kein Ende nehmen. Also keinen Blick!

Seine Hand lag immer noch in seinem Rucksack, dessen Winzigkeit mich einerseits traurig machte, und mich zugleich beruhigte, da es ja nur einige wenige gefaltete Seiten waren, die er nun aus dem Inneren dieses Rucksacks hervorholte.

Wenn *Herr Schrieftsteller* …

Bitte nicht!

Vielleicht …

Nein!

Einen *Blieck* …

Einen Blick?

Einen kleinen *Blieck* …

Also einen Blick.

Werfen könnte …

Es wäre mir eine *Ähre*.

Also blickte ich.

So schnell wie möglich.

Er saß andächtig.

Und ich blickte.

Zu meiner Erleichterung handelte es sich nur um einige wenige Seiten, keine Erzählung, kein Roman, sondern nur ein Lebenslauf.

Ein Lebenslauf?

Ja, ein Lebenslauf.

Die Bescheidenheit seines Anliegens nahm mich für ihn ein. Nichts weiter als ein Lebenslauf. Andererseits behandelte er diesen Lebenslauf mit einer Bedächtigkeit, die mich erstaunte. Er saß atemlos. Wie so viele Autoren atemlos neben einem Roman sitzen, den man in ihrem Beisein liest.

Wie der Lebenslauf gefalle?

Er …

Ja?

Er gefiel mir.

Wirklich?

Ja.

Soweit es möglich ist, dass ein Lebenslauf gefallen kann.

Er habe den Lebenslauf noch einmal *gebügelt.*

Gebügelt?

Er meinte gefeilt.

Ah, gefeilt.

Er meinte nicht nur sprachlich, sondern auch inhaltlich gefeilt. Im Vergleich zur ersten Version, die er mir geschickt hatte, war dieser Lebenslauf nun angereichert mit weiteren Berufstätigkeiten. Ob ich das bemerkt hätte?

Nein.

Tätigkeiten wie Koch, Barbier, Elefantendompteur, Konsul, *Napoleonsteller* …

Wenn *Herr Schrieftsteller* vielleicht … – er reichte einen Stift, und ich begann beiläufig zu korrigieren … Nicht *Baumarbeiter*, sondern Bauarbeiter. Nicht *Napoleonsteller*, sondern Napoleondarsteller. Er nickte – fast beglückt, über jedes einzelne Wort, das ich verbesserte. Er erklärte mir: Napoleon, da er Napoleon in der Tat ähnlich sehe. Deshalb *Napoleonsteller.* Dass man in Ägypten jedenfalls diese Ähnlichkeit wiederholt festgestellt habe. Weshalb er dort oft als Napoleon aufgetreten sei, bei Hochzeiten oder auf Jahrmärkten. Napoleon am Nil, Napoleon in der Wüste, Napoleon mit Krummsäbel … Er gebärdete sich in kleinen Napoleongesten – mit leichten Verbeugungen und einem Achselzucken. Als wollte er seine Erscheinung herunterspielen. Angesichts seiner Napoleonähnlichkeit.

Seine Mittagspause war nun schon um Stunden überschritten, doch er saß immer noch mit mir an seinem Lebenslauf – wofür auch immer dieser Lebenslauf gut sein sollte.

Abt eines koptischen Klosters.

Köhler.

Schächter.

Reliquienhändler.

Kammerjäger.

Und die Bücherei.

Jetzt wollte er doch lieber zurück in die Bücherei. Wenn auch nur in kleinen Schritten. Mit seinem Rucksack auf dem Rücken. Wir gingen zusammen. Die Chefin wartete bereits. Sie war außer sich. Nach stundenlangem Warten. Sie hatte den ganzen Nachmittag auf ihn gewartet. Sogar nach ihm suchen lassen.

Er entschuldigte sich, während sie in ein anderes Zimmer ging. Er entschuldigte sich, ihr hinterherlaufend, mit immer neuen Worten – in der Dritten Person: Dass Selim Hacopian traurig sei. Dass Selim Hacopian untröstlich sei. Dass Selim Hacopian sich schäme. Dass Selim Hacopian …

Noch bevor sie überhaupt damit anfing, wirklich zu sprechen, nahm er ihre Sätze tief nickend hin, wie ein Hund einige Schläge hinnimmt, in anschmiegsamen Bewegungen – später dann auf mich deutend: *der Herr Schrieftsteller* ... Als ob die Verspätung dadurch erklärbar wäre. *Herr Schrieftsteller.* Man trifft doch nicht jeden Tag einen *Schrieftsteller.* Er folgte ihr – ein wenig hinkend – in ein kleines Kabuff. *Er ist doch Schrieftsteller.* Als wäre ich es gewesen, der hier zu spät gekommen war – während sie auf einem Stuhl im Kabuff saß und nicht mehr antwortete.

Mit einem Staubwedel kam er wieder in die Bibliothek zurück, sprach (ein wenig hüstelnd) von Staub auf den Büchern, die er nun abstauben wollte. Oder von Rauch, der sich wieder *verzeihen* werde. Siehst du. Die Chefin war auch schon gar nicht mehr zu sehen. Sie war nach draußen gegangen. Er schüttelte meine Hand, da ich nun endlich gehen wollte.

Herr Schrieftsteller.

Ich verabschiedete mich.

Als ich die Bibliothek verließ, wischte er – wie zum Beweis größter Reue – die Scheibe der Eingangstür. Seht ihr, ich wische die Scheibe. Dabei winkte er mir nach. Bis ich nicht mehr zu sehen war.

Wenn ich – in den Wochen darauf – in die Nähe der Stadtbücherei kam, da sah ich schon von Weitem sein Winken. Er stand am Fenster und schaute und winkte. Er schien dort stundenlang zu stehen. Als hätte er nichts anderes zu tun, als auf mich zu warten und zu winken. Selbst wenn ich die Bibliothek weiträumig umlief. Er stand da und winkte. Oder er klopfte gegen das Fensterglas. Und eilte mir dann hinterher:

Herr Schrieftsteller.

Umfasste meine Hand.

Und zeigte mir das frisch geschmückte Schaufenster neben dem Haupteingang. Er hatte zwei Bücher von mir dort hineingelegt. Einfach so. Zusammen mit einigen Blumen, die er auf einer Wiese gepflückt hatte. Das sah aus wie ein Kindergeburtstag. Oder wie ein Grab. Je nachdem.

Die Chefin.

Mit flüsternden Bewegungen deutete er auf die Chefin. Sie war im Inneren der Bücherei. Sie durfte von dem Schaufenster nichts wissen. Deshalb seine konspirativen Bewegungen. Durch einen Seiteneingang führte er mich in die Bibliothek hinein, in einen Raum mit den Gedichten des 20. Jahrhunderts. Sein Lieblingszimmer. Kaum jemand würde uns dort aufsuchen oder stören. Nicht bei den Gedichten des 20. Jahrhunderts.

Eine Freude.

Und eine *Ähre*.

Und ein Sofa.

Auf das wir uns setzten.

Nur er und ich.

Die Chefin war unterwegs. Die anderen Mitarbeiter ebenfalls beschäftigt. So gut wie kein Publikumsverkehr. Ab und zu klingelte ein Telefon, das auf einem Schreibtisch stand – er ließ es klingeln. Wenn ein Kunde in unsere Nähe trat – er beachtete ihn kaum. Wenn er von jemandem angesprochen wurde, dann antwortete er vom Sofa aus in halben Sätzen: Er wisse von nichts. Er sei untröstlich. Vielleicht morgen oder übermorgen. Wenn jemand ein bestimmtes Buch suchte – nur zu, nur zu, und er deutete auf irgendein Regal. Vielleicht dort. Oder dort. Ohne sich von dem Sofa zu erheben. Bis der Kunde wieder gegangen war. Dann saßen wir wieder allein – wie in einem eigenen Wohnzimmer. So verbrachten wir den Nachmittag. Auf einem Sofa sitzend. Gelegentlich zog er Bücher aus einem Regal, die er mir zeigte. Ich sollte ihm Gedichte vorlesen und sie ihm erklären. Oder er zeigte mir Bildbände von Usbekistan. Oder er berichtete, dass er mit seiner Frau am Wochenende im Zoo gewesen war und dort Kamele gesehen habe. Und wie anders die Kamele im Vergleich dazu in Ägypten seien. Ganz anders. Und er sprach in großer Ausführlichkeit über Kamele. Was Kamele essen und wie viel sie kosten und wie oft sie trinken und wie sie aufstehen und sich legen. Und wie sie – auf einer Straße liegend – sterben. Mehr ein tagelanges Verenden als nur ein Sterben. Und wie jeder Vorbeikommende ein Teil von dem Fleisch abschneidet. Bei lebendigem Leib. Und nicht nur Kamele, sondern auch Schafe, die mitten in Kairo leben. Auf Müllhalden grasen. Und auf Autobahnen laufen. Und im Nil Wasser trinken …

Ob *Herr Schrieftsteller* …

Ja?

Ob *Herr Schrieftsteller* vielleicht …

Bitte nicht.

Nicht heute.

Nur einen kurzen *Blieck* …

Einen *Blieck* auf ein kleines Stück.

Das er geschrieben habe.

Ein Theaterstück.

Ich saß aufrecht.

Das Manuskript auf meinem Schoß. Er hatte es aus seinem Rucksack gezogen und mir überreicht. Nur ein kleiner *Blieck* …

Ich las mit aufgerissenen Augen.

Wenigstens die ersten Zeilen.

Ob *Herr Schrieftsteller* mehr Licht brauche?

Nein, das brauchte ich nicht.

Oder ein Kissen?

Nein.

Ich las durch die Zeilen hindurch …

Er saß neben mir, und ich las durch die ersten Zeilen einfach hindurch. So wie man durch ein Unglück hindurchsieht oder hindurchfährt. Ohne wirklich hinzuschauen, aber das Ausmaß des Unglücks jederzeit ahnend.

Nie sah ich auf engstem Raum so viele Fehler. Satzstellungsfehler, Kasusfehler, Genusfehler, Rechtschreibfehler. Fehler über Fehler. Ein Gestrüpp sich immer weiter verzweigender Fehler. Nur ganz wenige Lichtblicke und Ruhepunkte, kleine Enklaven richtiger Wörter, die ich anstreichen wollte: Sieh nur, Selim, das ist ein Wort, und das Wort ist richtig und es ist nicht nur richtig, sondern auch verständlich, und darauf könnte man aufbauen.

Der erste Akt nahm kein Ende: noch eine Seite, noch eine Seite und noch eine. Ich saß erstarrt. Nicht wissend, was ich dazu sagen sollte. Ob es ernsthaft möglich ist, eine solche Fehlermasse zu korrigieren. Wo man anfangen könnte und wo enden. Und selbst wenn man irgendwo enden könnte, was wäre damit gewonnen? Wie sollte daraus – trotz aller Korrekturen – je ein Stück entstehen, ein spielbares Stück, das ein Theater ernsthaft auf die Bühne bringen wollte? Warum sollte irgendein Theater der Welt so etwas tun? Ich wusste es nicht, und er wusste es wahrscheinlich auch nicht. Und wir saßen atemlos nebeneinander.

Wenn irgendwo eine Bedeutung erahnbar war, dann versuchte ich daran festzuhalten, und sei es nur durch ein Nicken oder ein Lächeln. Doch jeder Anflug einer Bedeutung verlor sich wieder in einer Mischung aus Burleske und Irrwitz. Ein fließender Übergang zwischen sprachlicher Unverständlichkeit und inhaltlicher Absonderlichkeit – und monotonem Beharrungsvermögen: auf der eigenen Absonderlichkeit und Unverständlichkeit. So als könnte man durch Wiederholungen so etwas wie Sinn und sprachlichen Frieden stiften. Selim versuchte es. Und ich versuchte es mit ihm.

Dass in dem Stück noch einige Fehler seien, sagte ich, um irgendetwas zu sagen.

Er reagierte aufmunternd, wenn nicht erleichtert. Nur einige Fehler. Wenn *Herr Schrieftsteller* … – und ich begann zu korrigieren.

Ich stellte um.

Ich strich durch.

Ich schrieb neu.

Ich schrieb über Zeilen hinweg.

Oder durch Zeilen hindurch.

Ich schrieb auf Vorderseiten.

Und auf Rückseiten.

Und Zwischenseiten.

Und auf ganz neuen Seiten.

Seite für Seite.

Wie ein endlos aufzuräumendes Zimmer.

Dies ging Stunden.

Dies ging Tage.

Und Wochen.

Wann immer ich in die Stadt kam.

Oder ich die Stadt weiträumig umlief.

Herr Schrieftsteller.

Die Bibliothek nun meidend.

Ja, sogar ihren Vorplatz von vornherein umgehend.

Ausweichcafés aufsuchend.

Schleichwege aufspürend.

Trotzdem immer wieder von ihm gestellt.

Herr Schrieftsteller.

Der Prolog.

Der erste Akt.

Und vielleicht noch der zweite Akt.

Der zweite Akt kürzer als der erste Akt, doch immer noch endlos lang. Je mehr Fehler, je größer das Maß an Unverständlichkeit, umso ausufernder wurde ein Akt, so als wollte er mit jedem neuen Satz die Heillosigkeit der bisherigen Sätze heilen.

So saßen wir nebeneinander, in einem nicht enden wollenden Theaterstück, Akt für Akt, Seite für Seite, die ich für ihn durchsehen sollte. Ich schaute auf die Uhr. Oder fragte nach seiner Mittagspause, beziehungsweise nach dem Ende der Mittagspause. Ob er nicht irgendwann einmal wieder in die Bücherei müsse? Doch er winkte ab. Oder er verlängerte eine einmal begonnene Mittagspause mit immer neuen Worten, zunächst um Minuten, dann um Stunden, bis zum späten Nachmittag. Von Mittagspausen war ohnehin bald kaum mehr die Rede. Stattdessen war, wenn nicht von seinem Stück, dann von *mir* die Rede. Und von unserem gemeinsamen Cappuccino. Ich die größte Tasse, er die kleinste Tasse. Und von Fragen der Literatur und des Schreibens war die Rede. Wie man *Schrieftsteller* wird? Und warum man es wird? Und wie man es bleibt? Und was ein *freier* Schriftsteller ist? Und ob es auch *unfreie* gibt? Und er reichte mir die neuste Fassung seines Theaterstücks, *Mein Onkel Leonid*. So hieß das Stück: *Mein Onkel Leonid*. Dass er an dem Stück noch einmal gearbeitet habe. Mit seiner Hand berührte er seinen Rucksack, während er mir erklärte, dass …

Ja?

Dass das gar keine Mittagspause mehr war, in der wir saßen, sondern ein freier Tag – wenn nicht ein neues Leben. Ein Leben, das in aller Plötzlichkeit vor mir saß. Ohne irgendeine Chefin, die ihn noch erwartete oder eine Stadtbibliothek, die ihn weiter rief. Er sei gestern entlassen worden. Oder er habe sich selbst entlassen. Ob das eine oder das andere, es war kaum auszumachen. Er sagte das ganz nebenbei, fast lächelnd. *Gekündigt worden*. Und *Entlassungspapiere*, die er demnächst abholen dürfe. Er saß mit einer freudigen Entschlossenheit – und er winkte ab, sobald ich ihn auf die Stelle ansprach. Doch nur eine Stelle, erklärte er. Oder gar keine richtige Stelle. Oder was sei schon diese Stelle – im Vergleich zu einem Buch oder Theaterstück. Oder zu uns beiden an diesem Tisch. Oder zu den letzten Sätzen meines letzten Romans, die er der Chefin noch vorgelesen hatte. Und was sie zu diesen Sätzen alles gesagt hatte. Und es schien nun so, als wäre ich *selbst* soeben entlassen worden. Zusammen mit ihm. Wir beide gemeinsam entlassen. Wegen ständigen Fernbleibens und Überziehung der Mittagspause. Und aufgrund der Schlusssätze meines letzten Romans. Seine Stimme klang ausgelassen. So als hätte man ihn soeben aus einem Krankenhaus entlassen. Oder aus einem Gefängnis. Und er lächelte mich an.

Auf welchen Wegen ich in die Stadt auch ging, er kam mir, einem sechsten Sinn folgend, aus irgendeiner Richtung entgegen: *Herr Schrieftsteller*. Als befände sich an meinem Körper ein Ortungsgerät. *Herr Schrieftsteller*. Er eilte mir hinterher. Oder trat aus einer Seitenstraße hervor: *Herr Schrieftsteller*. Begrüßte mich mit der Andeutung einer Umarmung. Beschnupperte meine Kleider. Erkannte ihren Geruch – und sei es nur der Geruch einzelner Dönerbuden, in denen ich gegessen hatte. Er nahm in jeder Hinsicht Anteil – an mir und an meinem Leben, an meinem Essen und an meinen Wegen.

Es sei ja gar keine richtige Stelle gewesen, erklärte er mir, sondern nur eine Art von Stelle, ein Praktikum, ein Versuch. So als hätte er sich vergeblich bemüht. Jetzt fühlte er sich völlig unbeschwert und frei. Mit seinem Rucksack und einer hochgesteckten Sonnenbrille. Und zahlreichen Blättern und Zetteln, die er vor mir ausbreitete. Er wollte jetzt nur noch schreiben. Oder wenigstens versuchen, etwas zu schreiben. Und erleben, wie es ist, wenn man tatsächlich nichts anderes mehr tut, als zu schreiben. Und es war schwer, irgendetwas dagegen zu sagen, ihm das auszureden. Wie hätte ich, Schriftsteller, ihm das ausreden sollen, mit welchen Gründen, außer mit dem Grund meiner eigenen nackten Existenz.

Zwei Arten von Schriftstellern gebe es. Er zitierte meine eigenen Worte. Zwei Arten von Schriftstellern gebe es: Diejenigen, die anfangen zu schreiben und die, wenn sie Erfolg damit haben, dann hauptberuflich Schriftsteller werden. Und diejenigen, die erst die Entscheidung treffen, Schriftsteller zu werden, und dann anfangen zu schreiben. So wollte er es machen. Erst Schriftsteller sein, und dann anfangen zu schreiben.

Was immer ich auch anzumerken oder einzuwenden versuchte – wir waren ab nun ein Bild, ein gemeinsames, unleugbares, öffentliches Bild, kaffeetrinkend, in immer länger werdenden Gesprächen, in denen er mich zu allem Möglichen befragte: Was ein Konjunktiv ist? Und ein Reim? Und ein Versfuß? Er wollte das alles unbedingt wissen, während ich nur Kaffee trinken und eine Zeitung lesen wollte, einfach nur eine Zeitung lesen, während er immer weiterfragte: Was Aufklärung sei? Und Barock? Und Sturm und Drang? Und meine Antworten wurden jedes Mal einsilbiger: Sturm und Drang sei das Gegenteil von Flaute und Rückzug, und Flaute und Rückzug sei das Gegenteil von Sturm und Drang, und Sturm und Drang sei das Gegenteil von all dem, was heute geschrieben werde, und was heute geschrieben werde, das sei kaum etwas anderes als Anpassung und Unterwürfigkeit – oder einfach nur *Flaute und Rückzug*.

Und er notierte das. Mit einem heiligen Ernst. *Flaute und Rückzug*. Oder er brachte Bücher herbei mit Titeln wie *Der Schriftsteller*. Oder *Let's Write a Novel*. Oder er reichte mir die neueste Fassung von *Mein Onkel Leonid*. Dass er diese Fassung noch einmal völlig überarbeitet habe. Dass aus *Onkel Leonid* nun ein Roman geworden sei. Wenigstens eine Art von Roman. Dass der Roman das Stück noch einmal von Grund auf neu erzähle: Onkel Leonid und seine Kindheit. Onkel Leonid in Usbekistan. Onkel Leonid im Kloster. Onkel Leonid bei den Schäfern. Onkel Leonid unter den Schächtern. Onkel Leonids Freude an Ziegenfleisch. Onkel Leonid und Puschkin. Onkel Leonid und die Philosophie. Onkel Leonid und Heidegger. Onkel Leonid und die Frauen. Onkel Leonid nachts auf Friedhöfen …

Manchmal war ich – ohne das weiter zu verbergen – ungehalten, saß mit verdrehten Augen, oder stand auf und ging, oder sagte nun sehr deutlich: Es geht heute nicht. Und auch morgen nicht. Nicht einmal übermorgen geht es. Ich machte einen Bogen um die Stadt. Ich dachte an meine eigenen Romane, die zu Hause auf mich warteten. Falls er das vergessen hatte. Falls ich selbst das vergessen hatte. Ich schreibe Romane. Romane, an die ich mich – nach Monaten – nun endlich wieder setzen wollte.

Oder ich tat Dinge, die ich lange vernachlässigt hatte, zum Beispiel in meinen Schachverein zu gehen. Er liegt am anderen Ende der Stadt. Doch selbst dort vermochte er mich zu finden. *Herr Schrieftsteller*. Wie eine Stimme aus einem verqueren Traum. *Herr Schrieftsteller*. Mit ausgebreiteten Armen lief er auf mich zu. Mich nicht stören lassen. Die Figuren auf dem Brett *walten* lassen. Die Schachuhr noch ein bisschen ticken lassen. Er setzte sich, schnäuzte sich, bangte mit mir und mit meinen Figuren, und spendete Trost, wenn eine Figur geschlagen wurde. Sein kleiner Rucksack lag in Sichtweite. Nicht böse sein, *Herr Schrieftsteller*. So schaute er mich an. Eine entwaffnende Ergebenheit, die sich immer wieder zu mir setzte und bei mir blieb. Nicht böse sein, *Herr Schrieftsteller*.

Irgendwann stand seine Frau vor dem Caféhaus.

Meine Braut.

Sie winkte ihm zu.

Und er eilte zu ihr und führte sie hinein. *Meine Braut*. Rief sie bei ihrem Kosenamen: *meine kleine Giraffe*. Da sie so groß war, jedenfalls viel größer als er selbst. *Meine kleine Giraffe*. Er tätschelte sie. Und beschwichtigte. Da sie ernsthaft um ihn besorgt schien. Ihr Mann, jetzt Schriftsteller, in Gesellschaft eines anderen Schriftstellers. Wie so etwas gut gehen kann. Er deutete auf seinen Rucksack und all die Blätter, die auf dem Tisch ausgebreitet waren. Dass wir in tiefster Arbeit seien, an *Onkel Leonid* und an anderen Projekten. Er sagte das wie zum Beweis für eine Fortentwicklung oder eine Besserung …

Sie kam wegen der Bewerbungen, die noch erledigt werden mussten, so bald wie möglich. Spätestens jetzt. Damit Selim keinen Ärger mit dem Job Center bekommt. Also bitte! Spätestens jetzt. Sie selbst hatte die Bewerbungen für ihn geschrieben. Er musste nur noch unterschreiben. Bewerbungen für unerreichbare oder gar nicht existente Stellen, die dem Job Center Aktivität beweisen sollten, Aktivität und rastlose Bemühung, die sie im Namen ihres Mannes gegenüber dem Job Center simulierte, um uns dann wieder alleine zu lassen, mit uns selbst und mit Onkel Leonid …

Meine kleine Giraffe.

Als was sie mich gesehen haben mag? Eine Art Betreuer? Oder Sekretär? Oder Zivildienstleistender? Sie drückte meine Hand, ein wenig länger als nötig. Nicht abweisend, sondern tatsächlich freundlich. Vielleicht sogar anhänglich. So als wollte sie sagen: Helfen Sie ihm. Oder tun sie wenigstens so, als ob sie ihm helfen würden.

Also half ich – seine Frau immer noch vor Augen. Ich versuchte es wenigstens mit notdürftigen Korrekturen, Notkorrekturen in aussichtslosen Theaterstücken. Die Vergeblichkeit und Aussichtslosigkeit von all dem – in diesem Geiste korrigierte ich. Oder ich saß einfach nur neben ihm, um von dieser Aussichtslosigkeit ein wenig abzulenken.

Es gab Tage, da erklärte ich ihm in aller Offenheit: Dass es nun genug sei. Dass ich nach Hause müsse, zu meinem eigenen Roman, den ich nun schreiben wollte, ja, unbedingt schreiben musste (der Verlag wartete bereits darauf, wenigstens auf die ersten hundert Seiten) – spätestens jetzt, nach Monaten des Vertagens. Ein Vertagen, das nicht nur Selim Hacopian und seinem Rucksack geschuldet war, sondern auch mir selbst, meiner eigenen Ratlosigkeit und Entschlusslosigkeit. Immer kurz davor aufzustehen und wegzugehen, saß ich neben ihm – und blieb dann doch stundenlang bei ihm. Warum auch immer. Zur Stärkung brachte seine Frau Buchstabengebäck. *Meine Braut*. Die uns immer wieder aufsuchte. So wie eine Mutter ein Kind in einer Nachhilfe aufsucht. Fast feierlich. Sie schien dem Caféhaus zu bedeuten: Die beiden arbeiten nun. Sehen Sie nur. All die Blätter und Stifte. Er ist Schriftsteller. Als ob nun alles gut werden würde. Sie reichte Gebäck oder reinigte seinen Rucksack. Oder saß einfach nur neben uns und hörte zu. Sturm und Drang – ist das Gegenteil von

Flaute und Rückzug – ist das Gegenteil von Sturm und Drang … Und sie lachte.

In anderen Momenten spürte ich wiederum ihre Unruhe und Traurigkeit. Doch sie verlor kein Wort darüber, sondern setzte sich zu uns oder bestellte für ihn eine zweite Tasse Cappuccino, damit er noch eine Weile (ohne aufzufallen) im Café sitzen konnte. Oder sie lud mich – wie zum Dank für alles – zum Abendessen ein, in eine winzige Wohnung, bestehend aus einem einzigen Zimmer mit einem Doppelbett und einem mickrigen Schreibtisch (Ort seiner Stücke und Romane). Wir aßen Ravioli aus der Dose, von seiner Frau (sie heißt Cordula) zubereitet und von Selim mit beiläufigen Gesten (wie Segnungen) mit Gewürzen aus Ägypten verfeinert, die er hin und wieder in den Raviolitopf streute. Seine Frau setzte sich neben mich, auf einen wackeligen Schemel, und entschuldigte sich für die Wohnung: Wie klein die Wohnung sei. Es tue ihr sehr leid. Doch sie habe keine größere finden können.

Die Wohnung war in der Tat winzig, so klein, dass man sich darin kaum bewegen konnte, dass man eine solche Wohnung kaum glauben konnte, und ich fragte mich, wie zwei Menschen auf so wenigen Quadratmetern ernsthaft zusammen wohnen können. Doch die beiden konnten es.

Dass sie vom Schreiben leider nichts verstehe, sagte sie, weder von seinen noch von meinen Werken. Sie sprach von uns beiden im Plural. Zwei Schriftsteller. Selim und ich. Ich und Selim. Ohne einen wirklichen Unterschied zwischen uns beiden auszumachen. So als wären wir Schulfreunde. Oder uns vergeblich Bemühende. So wie auch ich selbst den Unterschied zwischen uns immer mehr aus den Augen verlor, worüber ich erschrak – erste Auflösungserscheinungen.

Dass sie vom Schreiben leider nichts verstehe. Wofür sie sich entschuldigte. Da sie den ganzen Tag unterwegs und beschäftigt sei: Zeitungen austragend, Bewerbungen schreibend, putzend … Sie massiere auch. Falls mir danach sei. Sie würde mich gerne massieren. Sie habe das gelernt. Das würde mir vielleicht guttun, und sie würde das auch *gerne* für mich tun, mich massieren, allein schon für meine Hingabe und Hilfe. Wie dankbar sie mir sei. Und wie sehr Selim sich jeden Tag auf mich freue, jeden Tag immer wieder aufs Neue …

Herr Schrieftsteller.

Dass er im Job Center auch mich angeführt habe, als ein Beispiel für einen leibhaftigen Schriftsteller.

Mich?

Ja, dich.

Ich sei doch ein wunderbares Beispiel für einen solchen Menschen, sagte sie, während sie den Nachtisch vorbereitete, und Selim mir all die Kuverts zeigte, die er demnächst verschicken wollte. Sie waren alle mit dem gleichen Brief versehen: *Selim Hacopian, 38, Ägypten, hat ein Stück geschrieben. Er würde gern ein paar Seiten schiecken. Danke.* Er schickte diese Briefe (nie ohne die neueste Fassung seines immer weiter bearbeiteten Lebenslaufs) an Bühnen, Regisseure, Theaterzeitschriften, Balletttänzer, Universitätsprofessoren oder Bibliothekare. Er schickte wahllos und massenhaft. Er schickte an alle Autoren, die ihm in den Sinn kamen, an unbekannte Autoren und an bekannte Autoren, an Büchnerpreisträger und Nobelpreisträger: *Darf ich schiecken*? Er schickte an verstorbene Autoren und an noch lebende Autoren. Er schickte unentwegt und ohne Unterlass. Und ich fragte mich, mit welchen Erwartungen er diese Briefe wohl verschickte. Dass diese Autoren in sich überschlagender Bereitschaft antworten würden: *Ja! Bitte schicken Sie. Unbedingt! Noch heute Nacht. Bitte!*

Kaum ein Autor, der ihm je antwortete. Und die wenigen Autoren, die ihm tatsächlich antworteten, sie antworteten ausweichend, wenn nicht abweisend: *Bitte nicht.* Jedenfalls nicht jetzt. Und auch nicht später.

Wie stellte er sich das vor. Dass die von ihm Angeschriebenen seine Manuskripte sofort lesen würden. Dass sie beim Lesen elektrisiert aufspringen und ausrufen würden: Jawohl. Endlich. Warum dieses Werk nicht schon längst veröffentlicht ist? Dass man auf der Stelle Verleger und Verlage für derartige Literatur finden müsse. Und Theater. Und Bühnen. Und Regisseure. Und einiges mehr …

Vielleicht stellte er sich das genau so vor.

Es war der Lebenslauf, der einen Verlag in der Tat neugierig machte. Der Lebenslauf sei vielverheißend. *Also schicken Sie*. Nur dass das Geschickte sich dem Lebenslauf kaum fügte. Und man schickte das Geschickte postwendend wieder zurück.

Er sei ja gar kein *Schrieftsteller*. Er erklärte das fast jovial, so als hätte er bereits zahllose Bücher veröffentlicht und bedeutende Preise dafür bekommen und als könnte er das nun offen einräumen. Er sei ja gar kein richtiger *Schrieftsteller*. Was er eigentlich wolle, das sei die Ruhe und der Friede eines Schriftstellers. Oder was er für die Ruhe und den Frieden eines Schriftstellers hielt. Vielleicht stellte er sich auch die Caféhausnachmittage mit mir vor, oder Regale an Büchern, die er über die Jahre in aller Ruhe zu lesen wünschte. Er wollte – wie er sagte – eine kleine Ecke ungestörten Daseins – ohne laute Rufe. Wie immer er sich den

Beruf des Schriftstellers letztendlich vorstellte – am Ende gar als reine Kontemplation.

Im endlosen Gespräch. Wenn es etwas ist, das uns in diesen Jahren beschreibt, dann ist es dieses Wort oder Bild zweier unzusammenhängender Gestalten, die stundenlang ziellos in einem Caféhaus sitzen, in irgendeinem Gespräch über Gott und die Welt (der Roman, das Theater oder Usbekistan) – im Sommer auf der Terrasse, im Winter an einem Ecktisch im Inneren des Cafés. Womöglich wirkten wir wie zwei sonderbare Figuren, deren undurchsichtiges Zusammensein immer mehr auffiel, allein schon durch die vielen Stunden, die wir tagtäglich zusammensaßen. Vielleicht war es dieses Bild, das ich mit ihm zusammen abgab …

Es gab Bekannte, die mich mit ihm sahen und mich auf eine nachsichtige Art und Weise grüßten. Vielleicht sah man meine Existenz bereits als Caféhausexistenz. Oder hatte sich diese Caféhausexistenz längst herumgesprochen, eine absteigende, niedergehende, kaum mehr aufzufangende Caféhausexistenz. Vielleicht.

In dieser Zeit erreichten mich auch die ersten Briefe meines Verlags, in denen es um Verkaufszahlen und um Resonanzen ging, zum ersten Mal seit Jahren leicht sinkende Verkaufszahlen – und auch nicht immer nur gute Resonanzen. Dies nur nebenbei, kein Grund zur Beunruhigung. Und man lenkte die Aufmerksamkeit auf mein neuestes Manuskript, das ich nun endlich (nach zahlreichen Überarbeitungen) eingereicht hatte. Dass der Roman wirklich ansprechend sei. Das Wort *wirklich* gefolgt von den Wörtern *gleichwohl* und *indes*. Kleine schleichende Wörter. Die Frage, ob man die Veröffentlichung des Romans vielleicht um ein halbes Jahr verschieben könnte. Ob ich mir das vorstellen könnte. Verschieben und strecken. Noch nie gehörte Wörter. Wie auch das Wort *entgegenkommen*. Ob man sich möglicherweise bei diesem Buch ein wenig *entgegenkommen* könnte. Was nicht wechselseitig gemeint war, sondern einseitig. *Ich* sollte dem Verlag ein wenig entgegenkommen. Um ein paar Monate. Nicht mehr. Und ich saß ungläubig. Wie bei einer Diagnose eines Arztes. Als wäre da auf einem Röntgenbild ein leichter Schatten. Den man im Auge behalten sollte.

Herr Schrieftsteller. Ich hörte den eigentümlichen Klang dieser Worte, eine Mischung aus Freude, Ehrerbietung und Lächerlichkeit. *Herr Schrieftsteller.* Wieder und immer wieder hörte ich diese Worte. Vormittags oder nachmittags. Im Sommer und im Winter. *Herr Schrieftsteller.* So der ewige Refrain dieser Jahre. *Herr Schrieftsteller.* So als wäre das nur noch ein Nachruf oder eine Reminiszenz.

Er munterte auf: Dass man es sich gut gehen lassen solle. Dass man nicht jedes Verlagswort auf die Goldwaage legen solle. Dass man das nicht alles persönlich nehmen sollte.

Sollte ich es etwa unpersönlich nehmen?

Weder persönlich noch unpersönlich, so seine Antwort. Dass man auch einmal nichts tun sollte. Die hohe Kunst des Nichtstuns. Die Welt als ein fröhliches Nichtstun. Allenfalls kleine *Bliecke* werfend. Wenn nicht auf Romane oder Theaterstücke, dann auf die Frauen. Es flanierten auf der Straße zahllose Frauen. Er blickte ihnen andächtig hinterher. Oder er griff, wenn keine Frauen mehr zu sehen waren, wieder in seinen Rucksack und holte weitere Blätter hervor. Ob ich mir diesen oder jenen Text – nun auch noch Gedichte – in einer freien Minute – vielleicht einmal anschauen könnte.

Anschauen könnte.

So wie man durch ein Unglück einfach hindurchsieht oder hindurchfährt. Etwa an einem schweren Autounfall vorbei, der plötzlich hinter einer Straßenbiegung auftaucht. All die Trümmer und Glassplitter und ineinander verkeilten Autoteile. Überall Verletzte und notdürftige Verbände. So saß ich über seinen Texten. Wie ein Lazarettarzt arbeitete ich, mit groben, geradezu rabiat werdenden Amputationen und Schnitten – ganze Seiten oder Bündel von Seiten streichend, absägend, umstellend oder gänzlich neu schreibend, und immer wieder kürzend, ständig weiter kürzend – all das mit einer Unbeteiligtheit, mit der ich noch nie an literarischen Texten gearbeitet hatte …

Ich fragte mich: Warum? Warum ich hier überhaupt noch sitze? Warum ich anstreiche und umschreibe und neu schreibe und mich immer noch bemühe? Die Aussichtslosigkeit von all dem. Warum ein solcher Mensch überhaupt schreibt? Ein Mensch, der die Sprache nicht beherrscht, in der er schreibt, und der trotzdem immer weiter in dieser Sprache schreibt. Als könnte er diese Sprache durch sein Schreiben irgendwann gnädig stimmen. Und über welche Themen er schreibt. Dieselben nichtigen, geradezu lächerlichen Themen. *Mein Onkel Leonid.* Oder die *Rückkehr von Onkel Leonid* oder die Draculaversion von *Onkel Leonid* … Warum derartige Texte? Warum überhaupt unbedingt schreiben? Warum malt er keine Bilder? Oder fotografiert keine Züge? Oder sammelt Pilze? Und warum immerzu ich, der all das jederzeit lesen und korrigieren soll? Warum kein anderer? Warum er kein Wörterbuch kauft, um wenigstens die ärgsten Fehler zu vermeiden? Warum er bei fast jedem Hauptwort nicht weiß, ob der, die, das? Warum er das nicht nachschlägt?

Nicht böse sein, *Herr Schrieftsteller*. Nicht böse sein. Er fächerte mit einer Getränkekarte Luft. Oder munterte mich auf. Und ich dachte an den schon dutzendfach überarbeiteten Lebenslauf. Dass er der einzige Text in seinem Œuvre ist, der je auf Resonanz gestoßen ist. Und jemals auf Resonanz stoßen wird. Ob er das nicht sieht. Ob ihm das nicht zu denken gibt. Ob er Oscar Wilde kennt? Dass es nach Oscar Wilde zwei Arten von Autoren gibt: Diejenigen, die ihr Talent in ihr Werk stecken, und diejenigen, die ihr Talent in ihr Leben stecken. Ob er darüber einmal nachgedacht habe … Sein Talent in sein Leben zu stecken. Dort sei es bestens aufgehoben.

Nicht böse sein. Mit diesen Worten saß er bei mir. Nicht böse sein. Und er bestellte ein Glas Wasser für mich. Ob *Herr Schrieftsteller* …

Ich verbat mir das Wort *Schrieftsteller*. Und erklärte ihm: Keinen Blick! Es gibt meinerseits keinen Blick mehr. Weder heute einen Blick, noch morgen einen Blick, und auch nicht übermorgen einen Blick … Und er kam – schon am nächsten Tag – demonstrativ ohne Rucksack. Er reichte Datteln und ägyptische Schokolade und ein T-Shirt der ägyptischen Armee, das viel zu klein für mich war, um es tragen zu können, das er mir aber dennoch unbedingt schenken wollte. *Bitte!* Er deutete auf den Rucksack, der nun nicht mehr bei ihm war. *Sieh doch, kein Rucksack.* Kein Rucksack, nirgendwo ein Rucksack, auch nicht hinter dem Stuhl oder in einer Ecke oder sonst irgendwo in einem Hinterhalt. Kein Rucksack. Als wäre heute Sonntag. Oder ein Feiertag. Er reichte noch mehr Schokolade, die wir gemeinsam aßen, eine Schokolade, in der sich eine besondere Brausemasse befand, die beim Essen im Mund knirschte und knackte und kleine Explosionen erzeugte, wie er mir lachend in seinem Mund demonstrierte. Er sprach den Satz: *Ich, Selim Hacopian, wurde als Sohn usbekischer Hirten geboren …* Er sprach ihn ohne einen einzigen Fehler. Wie zum Beweis einer Umkehr. *Ich, Selim Hacopian, wurde als Sohn usbekischer Hirten geboren.* So als wäre das der Auftakt zu einer Erzählung. Und wieder schien es so, als wäre da doch irgendwo noch ein Rucksack, den er jederzeit hervorholen könnte, um mir die ersten Seiten seiner Vorsätze zu zeigen …

Einmal horchte ich auf. Er sprach von einer Kamelherde, die über die Rollfelder des Kairoer Flughafens zog, Zäune durchnagend, zwischen Flugzeugen umherwandernd, Gepäckstücke kauend, die Tragflächen einiger Flugzeuge anfressend. Piloten eilten zu ihnen, um sie mit Stöcken zu vertreiben, doch die Kamele kehrten immer wieder zurück, mit einer stoischen Unverfrorenheit und Ausdauer, Touristen aufschreckend, Leitwerke fressend oder einfach Blicke in die Flugzeuge werfend, während die Reisenden sich dort anschnallten oder wieder abschnallten und von kauenden Kamelen beäugt wurden – und ich fragte ihn, warum er darüber nicht schreibe …

Er schaute mich an: Schreiben?

Warum er darüber nicht schreibe, eine einfache, schlichte Erzählung über Kamele, die über die Rollfelder eines Flughafens ziehen und die Tragflächen von Flugzeugen fressen …

Schreiben?

Jawohl, schreiben.

Und er schrieb tatsächlich eine Erzählung darüber. Sie lag schon nach wenigen Tagen in seinem Rucksack: Eine Erzählung, die aus literarischen Möglichkeiten bestand, die aber keinen Anfang fand und kein Ende. Eine Erzählung, die, je länger man in ihr las, einer Trümmerlandschaft glich, die es abzutragen galt, um über das, was eigentlich erzählt werden sollte, nämlich Kamele, die über Rollfelder ziehen und die Tragflächen von Flugzeugen abfressen, um darüber in groben Linien orientiert zu sein. Eine Erzählung, die mehr Arbeit machte als alles Bisherige, mehr Arbeit als *Onkel Leonid* oder die *Rückkehr von Onkel Leonid.* Eine

Erzählung, die einen neuen ersten Satz brauchte, und einen neuen zweiten Satz, und einen neuen dritten Satz. Satz für Satz …

Wenn *Herr Schrieftsteller* vielleicht …

Er saß aufrecht. Mit neuer Kraft mir zugeneigt. In andächtiger Stille. So als wäre ich in der Tat ein Arzt, der in einem aussichtlosen Fall noch einmal eine Möglichkeit sieht. Ein neues Medikament. Oder eine neuartige Operationsmethode. Und er reichte einen Stift und kleine Stücke Schokolade, bedeutete dem Café mit bangen Gesten, bitte leiser zu sein. Er operiert. Er schneidet. Er sinniert. Er korrigiert. Er arbeitet. Und ich arbeitete, an Kamelen, an Zäunen, an Flughafengebäuden und aufgeschreckten Piloten, die zu ihren Flugzeugen eilen …

Am nächsten Tag blieb ich zu Hause.
Und auch die Tage darauf.
Um Abstand zu gewinnen.
Und Erholung zu finden.
Kein Gedanke mehr an Kamele oder Flugzeuge.
Kein Gedanke an gar nichts mehr.
Keine Buchstaben mehr.
Keine Texte mehr.
Weder fremde noch eigene.
Dafür schlafen.
Oder einige Partien Schach spielen.

Oder ein Fußballspiel im Fernsehen sehen.

Er rief mich an.

Obgleich ich das Telefon nicht abnehmen wollte, rief er mich an. Seine Stimme klang anders.

Sie hatte einen neuen Klang.

Sie klang ungläubig.

Und perplex.

Fast ein wenig erschrocken.

So wie auch meine eigene Stimme plötzlich ungläubig und erschrocken klang.

Ein Verlag …

Wie bitte?

Ein Verlag.

Ja?

Habe sich …

Ja?

Gemeldet.

Gemeldet?

Ja.

Warum sollte sich ein Verlag bei ihm melden?

Er fragte sich das.

Und ich fragte mich das.

Doch nur Stunden nachdem er die Kamelgeschichte (zusammen mit der neuesten Version seines Lebenslaufs) per E-Mail verschickt hatte, hatte sich ein Verlag bei ihm gemeldet.

Ein Verlag?

Ein Verlag.

Der Verlag hatte sich mit den Worten gemeldet: *Mehr davon!*

Wie bitte?

Mehr davon!

Mehr von diesen Kamelgeschichten. Mit diesen Worten hatte sich der Verlag gemeldet.

Er buchstabierte den Verlag.

Ich konnte ihn kaum verstehen.

Er buchstabierte es noch einmal.

Dass das nicht irgendein Verlag sei, erklärte ich.

Nicht irgendein Verlag?

Sondern ein eminenter Verlag.

Ein eminenter Verlag?

Was das sei? Eminent?

Ein wichtiger Verlag, ein herausragender, ein hervorragender Verlag. Das sei ein eminenter Verlag. Falls es sich tatsächlich um *den* Verlag handelte, den er buchstabiert hatte, und um kein Versehen oder um eine optische Täuschung. Er buchstabierte den Verlag. Und noch einmal und noch ein weiteres Mal. Er buchstabierte mit einer Umständlichkeit, die mich frappierte. Ausdruck reinster Ahnungslosigkeit. Als würde ein Kind ein gewaltiges Wort buchstabieren – ohne eine Bedeutung oder Tragweite zu erahnen.

Ob das ein gutes Zeichen sei?, fragte er.

Wie bitte?

Ob das ein gutes Zeichen sei?

Er fragte allen Ernstes, ob das ein gutes Zeichen sei. Und ich sagte: Ja, es sei ein gutes Zeichen.

Mehr davon!

Die Implikationen eines solchen Worts. *Mehr davon!* Dass dieses *Mehr* keinerlei Basis hatte. Dass dieses *Mehr* erst noch geschrieben werden musste. Dass Selim Hacopian vor diesem *Mehr* in völliger Hilflosigkeit stehen würde. Hilflos – und trotzdem mit dem haltlosen Drang, ein solches *Mehr* irgendwie zu Papier zu bringen. So als würde ein Invalide sich aufmachen, die Eiger Nordwand zu besteigen. Oder den Südpol zu überqueren. Dass er am Ende, in völliger Verkennung seiner Möglichkeiten, dem Verlag antworten würde, dass dieses *Mehr* auf einem guten Weg sei, es nur noch eine Frage der Zeit sei, dieses *Mehr* irgendwie herbeizuschaffen.

Ich hörte seine Rufe: *Herr Schrieftsteller ... Ob Herr Schrieftsteller vielleicht ...* Nicht nur vielleicht, sondern ab jetzt mit unabweisbarer Notwendigkeit. Seine Rufe helltöniger, drängender, unabweisbarer als je zuvor. Ich sah den Rucksack vor mir, der nun nie mehr leer sein würde, der mir nacheilen und nachrufen würde: *Bitte! Herr Schrieftsteller!* Wenn ich doch früher, dann doch auch jetzt. Gerade jetzt. Und aus gutem Grund. Wenigstens ein bisschen. Nur ab und zu. Einen kleinen *Blieck*.

Ich sah das leibhaftig vor mir. Wochen und Monate. Der immer neu gefüllte Rucksack. Jede Seite ein weiteres Unglück. Endlose Nachmittage. Tief gebeugte Operationen. Gewaltige Schnitte und Amputationen. Verpflanzungen und Transplantationen …

Dass ich ihm sagen würde: Es geht leider nicht. Es tut mir aufrichtig leid. Ich kann das nicht. Wie sehr der Verlag ihn auch auffordern oder drängen mag. Dass ich mich zurückziehen werde von jeder weiteren Betätigung oder Beteiligung. Dass ich nichts zu diesem *Mehr* beitragen kann, weder irgendetwas zuarbeiten oder nacharbeiten oder umarbeiten oder neu arbeiten.

Finis operis.

Zumindest das Ende meiner eigenen Bemühungen. Dass ich mich zurückziehen, die Stadt nicht mehr betreten, das Telefon nicht mehr abnehmen werde. Dass ich mich an meinen Schreibtisch setzen und an meinen eigenen Romanen arbeiten werde. Falls ich das vergessen hatte: meine eigenen Romane.

Mehr davon! Kein Verlag, der sich in dieser Plötzlichkeit bei irgendeinem mir bekannten Autor je gemeldet hätte, was immer diese Autoren auch geschickt haben mochten. Keine derartige Aufforderung, die ein gewöhnlicher Autor von einem solchen Verlag irgendwann einmal bekommen hätte, nicht innerhalb von Tagen, auch nicht innerhalb von Wochen oder Monaten oder Jahren. Überhaupt kein Wort, außer vielleicht der Aufforderung: *Bitte nicht!*

Noch immer beschäftigte mich seine Ahnungslosigkeit. Und die Hilflosigkeit, mit der er versuchen würde, auch nur ein Jota von diesem *Mehr davon* herbeizuschaffen. Als würde man ein Kind dazu auffordern, eine neuartige chemische Formel zu entwickeln. Oder Schaltpläne für ein Atomkraftwerk anzufertigen. *Mehr davon!*

Wer ihm dabei helfen könnte oder helfen würde? Niemand könnte oder würde ihm dabei helfen. Und ich sah diese Hilflosigkeit als eine Form von literarischer Gerechtigkeit. Als einen Rest von literarischer Ordnung und Richtigkeit. Und ich ließ das Telefon klingeln und weiterklingeln und immer weiterklingeln …

Die brachiale Nonchalance, mit der ich seine Texte behandelt hatte, Texte von größter Unbedarftheit und Aussichtslosigkeit, und ich dachte an die zitternde Behutsamkeit, mit der ich meine eigenen Werke all die Jahre behandelt hatte: Schlüssellochoperationen, Operationen am offenen Herzen – jedes Wort ein einzig mögliches, ein einzig wahres, ein einzig richtiges. In endlosen Durchläufen überarbeitet, gefeilt und poliert, gekürzt und redigiert.

Und ich dachte in manchen Momenten sogar daran, den Verlag beim Wort zu nehmen und dieses *Mehr davon* selbst herbeizuschaffen, in meiner eigenen Person, in Gestalt meiner eigenen Erzählungen und Romane, die ja bereits geschrieben waren, die ich nur noch eintüten und verschicken musste, zusammen mit den Worten: Hier ist es, das *Mehr davon*. Hier ist es. Und wenn es gewünscht wird, dann kann ich weitere Kuverts schicken, mehr und immer mehr eines jederzeit verfügbaren und wachsenden *Mehr davon*. Ein Meer immer mehr werdender *Mehr davons*. Mehr, mehr und immer mehr …

Ich ersann Kamelgeschichten, die ich, aus reiner Lust an einer solchen Aufgabe, in ersten Stichworten niederschrieb: Kamelgeschichten am Nil, Kamelgeschichten an den Stränden Alexandrias, Kamelgeschichten in den U-Bahnstationen Kairos … In den einfachsten Sätzen: Kamel geht über die Straße. Kamel steht an roter Ampel. Kamel schwimmt im Roten Meer. Kamel nagt an Handtaschen und Kameras. Kamel frisst Sonnenschirme und Autos … Sätze, die Selim Hacopian nun schreiben würde.

Oder versuchen würde, sie irgendwie zu schreiben. In welcher Form auch immer. S.P.O. Subjekt, Prädikat, Objekt. Nach Wörtern suchend. Fingernägel kauend. Oder die Straßen auf- und abgehend. Seinen Rucksack in der Hand. Auf der Suche – nach mir.

Herr Schrieftsteller …

Bitte, Herr Schrieftsteller …

Mit ausgebreiteten Armen würde er auf mich zukommen, eher ein Rennen als nur ein Kommen, mich fragen, was mit mir sei und wo ich gewesen war – mich dann zu einem Tisch geleiten und mir bedeuten, dass der Verlag noch immer auf eine Antwort warte, dringend darauf warte, wenigstens auf ein oder zwei Erzählungen, die Selim nun endlich schicken wolle, bevor der Verlag das Interesse endgültig verliere.

Ob Herr Schrieftsteller vielleicht …

Den Rucksack immer griffbereit – während mein Nein sich in meinem Mund formen würde.

Nein!

Bitte!

Nein!

Es tut mir leid! Keinen Blick wird *Herr Schrieftsteller* werfen. Nicht heute, nicht morgen, nicht nächste Woche und auch nicht nächsten Monat. Es wird keine Blicke mehr geben.

Und mit dieser Entschlusskraft gerüstet, wollte ich tatsächlich auf die Straße gehen und mit all meinen Sinnen erleben, wie es ihm die letzten Wochen ergangen war, wie es nun stehen würde mit seinen Bemühungen um ein paar Seiten Text zu einem unerreichbaren *Mehr davon*.

Als wäre ich nie weggewesen.

So begrüßte er mich.

So lief er neben mir her.

So setzten wir uns. Wir tranken Kaffee. Keine Frage, wo ich gewesen war? Kein Wort von einem Blick, den ich werfen sollte. Nicht einmal ein Rucksack, der zu sehen war. Als hätte er nicht mehr mit mir gerechnet. So wirkte er. Ohne irgendetwas Derartiges zu sagen. Fast war ich geneigt, mich zu entschuldigen. Doch er behandelte mich, so als wären wir schon jenseits aller Entschuldigungen, als wäre es für Entschuldigungen längst zu spät.

Sieben Erzählungen – sieben Erzählungen waren es schließlich geworden. Und zwei Ersatzerzählungen. Wie immer diese Erzählungen auch zustande gekommen sein mochten. Wer immer diese Erzählungen mit seinen Blicken begleitet, redigiert und geschrieben haben mochte. In welchem Zustand diese Erzählungen auch sein mochten. Doch handelte es sich um sieben Erzählungen. Er zählte sie mit seinen Fingern vor: eins, zwei, drei, vier, fünf, sechs, sieben …

Sieben?

Jawohl, sieben.

Ich rekonstruierte ihr Zustandekommen anhand einzelner Bemerkungen, ob nun von seiner Frau oder von ihm selbst. Oder ich stellte mir ihre Entstehung in ganz eigenen Bildern vor: Jede einzelne Erzählung ein Anrennen bester Vorsätze und Gedanken gegen Sätze, die sich dem nicht fügen wollten, die sich allem Bitten und Zureden verweigerten, heillose Wort- und Satzgestrüppe, die jeden Sinn von sich wiesen. Gerade in einem Moment, da die Existenz derartiger Sätze zum ersten Mal eine Berechtigung gehabt hätte, diese Sätze sogar ausdrücklich von einem Verlag erbeten worden waren: *Mehr davon*. Doch seine Sätze folgten dem nicht. Sie folgten ihrer eigenen Unzulänglichkeit. Sie gelangten früher oder später in seinen Rucksack, den er in die Stadt trug. Auf der Suche nach Beistand. Nach Worten und nach Blicken.

Vielleicht war es seine Frau gewesen, die sich irgendwann seiner Blätter annahm, die versuchte, eine grobe Ordnung in die Sätze zu bringen. Und sei es nur eine grundlegende grammatikalische Ordnung. S.P.O. Subjekt. Prädikat. Objekt. Nicht mehr als das. Ein grammatikalisch abgesichertes Schreiben. Fehlervermeidung. Gleich einem abgesicherten Computermodus, der nur noch in aller Notdürftigkeit arbeitet. Subjekt. Prädikat. Objekt.

Später kamen dann vielleicht Bekannte, Nachbarn und Freunde hinzu, die man um Rat fragte. Wie sich das anhöre, dieser eine Satz und der nächste Satz und der nächstfolgende Satz. Wie sich das anhöre? Ob das einen notdürftigen Sinn ergebe? Ein Beratschlagen, Telefonieren, Googeln und Raviolikochen für geladene Helfer, die vielleicht einen *Blieck werfen* könnten. Oder zu den Erzählungen einzelne Wörter oder Sätze beisteuern könnten – mit Cordula als einer Art Sammlerin, Ordnerin, Hüterin, Aufschreiberin, Herausgeberin. Über eine Annonce tat sie vielleicht einen pensionierten Lehrer auf, der das Geschriebene korrigierte. Vielleicht entlohnte sie ihn mit Einkäufen und Putzdiensten, und fand dann, als das Korrigieren über seine Kräfte ging, einen anderen Lehrer. Oder, wenn keinen Lehrer, dann Freunde, Bekannte, Briefträger, Kellner, Passanten …

Erzählungen, die der Fabulierlust orientalischer Caféhauserzähler in nichts nachstünden – so der Verlag. Lakonische Eleganz und Leichtigkeit des Erzählens. Trotz kleinerer literarischer Schwächen und Begrenzungen, die dem Erzählten jedoch nicht im Wege stünden. Im Gegenteil. Ganz im Gegenteil – so der Verlag. Natürlich noch ein Lektorat, ein umfassendes Lektorat. Ansonsten war es ihnen eine Freude, eine *gehörige Freude*, so die Formulierung, ihm, Selim Hacopian, mitteilen zu dürfen, dass die Erzählungen für eine Veröffentlichung schon im nächsten Frühjahr vorgesehen waren. Er zeigte mir das als E-Mail und als wirklichen Brief. Der Name des Verlages erschien auf dem Briefkopf neben einem gewaltigen Wappen. Selim streichelte dieses Wappen. Und er fragte einmal mehr: Ob das ein gutes Zeichen sei? Das Wappen, der Brief, das Veröffentlichungsangebot – ob das ein gutes Zeichen sei? Und ich antwortete: Es sei mehr als nur ein Zeichen. Es sei eine atemberaubende Neuigkeit.

In der Anlage befand sich ein Vertragsentwurf, den er mir zeigte und den ich ihm erläutern sollte. Ich erklärte es Punkt für Punkt: Was ein Honorar ist. Was eine Auflage ist. Und eine Rechtseinräumung. Und ein elektronisches Recht. Und andere Rechte. Und eine Gewährleistung. Und eine Urheberbenennung … Und er nickte. Und fragte immer wieder: Ob das gut sei? Ob das gute Bedingungen seien? Gute Bedingungen? Ja, es waren gute Bedingungen, mehr als nur gute Bedingungen.

Er zeigte immer weitere Mitteilungen, deren Sinn ich ihm erklären sollte: Vertragliches, Finanzielles, erste Entwürfe für den Vorschau- und Klappentext. Er zeigte mir kaum zu glaubende Verlagsworte: Magischer Humor, Kischon Ägyptens, literarischer Grenzgänger zwischen den Welten … – und ich sah die fröhliche Arglosigkeit, mit der er das erlebte: Ob das ein Lob sei? Ob das Autorenfoto schön geworden sei? Ob der Verlag ein wirklicher Verlag sei? Ob der Verlag sein Buch tatsächlich verlegen wolle?

Ein Vorschuss, den man ihm überweisen wollte, eine gewaltige Summe, von der ich nicht glauben konnte, dass man eine solche Summe einem Autor ernsthaft bezahlen würde. Man wollte es. Man konnte es. Man tat es. Als wollte man ein Exempel statuieren. Ein positives Exempel. Um uns zu bedeuten: Wie gut man zu einem einzelnen Menschen sein kann. Wie sehr man die ganze Welt zu seinen Gunsten auslegen kann. Sind wir nicht gut. Ist das Leben nicht schön. Und über alle Maßen vernünftig und richtig. Ein derartiges Exempel wollte man aufstellen – kein negatives, sondern ein über alle Maßen positives Exempel, das einem einzelnen Menschen gilt. Nicht allen Menschen, nicht einmal vielen Menschen oder einigen wenigen Menschen, sondern nur einem einzelnen Menschen, der beispielhaft steht für all die Menschen, denen es nicht so ergeht, die sich daran aber aufrichten können.

Er machte abwehrende Bewegungen. So als wollte er sagen: Was kann ich dafür. Und in der Tat: Was konnte er dafür.

Cordula öffnete eine Flasche Wein. Vielleicht um abzulenken. Oder um mich zu beruhigen. Sie sagte, ich sei ja ganz außer mir. Sie berührte meine Hand. Und brachte Brot und Käse. Dann gab sie das Essen auf, während Selim einen Anruf von seinem Verlag entgegennahm. Der Kontrast seines goldglänzenden Handys zu den erkalteten Ravioli. Der Kontrast zwischen diesen Ravioli und der Tragweite an Nachrichten, die aus seinem neuen Handy sprachen: Erhöhung der ersten Auflage, die Buchpräsentation und Lesereisen … Er bemühte sich darum, das herunterzuspielen, all die guten Nachrichten, die ihn erreichten, sowie die Wirkung dieser Nachrichten auf ihn selbst. Er versuchte, das abzuwiegeln. Während ich, weil mir schlecht wurde, auf die Toilette ging, und Cordula vor der Tür stand, da sie ernsthaft besorgt war. Was mit mir sei? Ob sie irgendetwas bringen könne? Sie reichte ein Taschentuch. Ich versicherte ihr: Es sei nichts. Nur eine Magenverstimmung. Oder irgendein Gewürz, das ich nicht vertragen hatte. Dann ging ich. *Aber Herr Schrieftsteller …* hörte ich ihn noch rufen. Doch ich war bereits im Treppenhaus. Und sein Handy klingelte erneut, kündigte von weiteren Details seines Buches, das nun bald erscheinen würde.

Die folgenden Wochen waren ein Fließband immer weiterer Mitteilungen, die ihn nun erreichten: die Druckfahnen, der Buchumschlag, der Klappentext. (Kaum etwas stimmte in diesem Text mit seinem ursprünglichen Lebenslauf noch überein. So als wäre er mit dem Erscheinen seines Buches ein neuer Mensch geworden, ein generalüberholter, runderneuerter Mensch.) Dazu eine Hörbuchfassung, die bereits gesprochen war, von einem berühmten Schauspieler, noch vor der Buchveröffentlichung.

Ob das ein guter Schauspieler sei?, fragte er.

Ja, es war ein guter Schauspieler.

Überdies Übersetzungsanfragen, Taschenbuchanfragen und andere Anfragen. Anfragen über Anfragen. Während ich, um das von mir fernzuhalten, in meinen Schachverein ging oder einfach nur spazieren lief. Und das Telefon nicht mehr abnahm, da ich keine weiteren guten Nachrichten mehr hören wollte. Und auch immer seltener in die Stadt ging, allenfalls spät am Abend, bis ich eines Nachts an einem Schaufenster vorbeikam, und dieses Schaufenster kein gewöhnliches Schaufenster war, sondern Teil einer Buchhandlung, und die ersten Exemplare seines Buches schon von Weitem zu sehen waren. Sie lagen hell erleuchtet, teils gestapelt, teils fächerartig im Schaufenster, das – gleich einer Düne oder einem Strand – mit Sand bedeckt war. Als Hintergrund Poster der Sahara. Dazu Tuben mit Sonnencremes, die zwischen den Büchern verteilt lagen, sowie Tauch- und Sonnenbrillen und Badehosen – und natürlich ein Autorenfoto. Schriftstellerblick. Ohne irgendetwas noch länger herunterzuspielen.

Wenige Tage später sah ich die Leiterin der Stadtbücherei. Ich versuchte, ihr noch auszuweichen, doch sie eilte über die Straße und sprach mich an. Ob ich zu Selim noch im Kontakt stünde? Ob er möglicherweise zu einer Lesung bereit wäre? Im Innenhof der Stadtbücherei. Oder an einem anderen Ort. Ob ich vielleicht als Vermittler wirken könnte? *Magischer Humor. Orientalische Fabulierkunst.* Worte auf dem Buchrücken. Verlagsworte, Buchhändlerworte, Zeitungsworte – und auch ihre eigenen Worte. Als wäre all das von Anfang an (schon während seiner Zeit in der Bücherei) erahnbar gewesen. Und sie fragte:

Warum ich nicht so schreiben würde?

Wie bitte?

Warum ich nicht so schreiben würde?

Wie wer?

Wie er.

Wie Selim Hacopian. Mit so viel Leichtigkeit, Unbefangenheit und Phantasie. Warum ich es nicht wenigstens versuchen würde. Und sie eilte wieder in die Bücherei, vorbei an einer Vitrine, in der – neben einem Foto von ihm – mehrere Exemplare seines Buches auslagen. Vielleicht ging sie zu den Zeitungen und las dort die ersten Besprechungen: Das Faszinosum eines Autors, der sich die Sprache, die Literatur, die Kultur eines Landes von außen aneigne, und dabei alles Hiesige übertreffe. So der Kritiker. Welthaltig. So ein anderer Kritiker. In Usbekistan geboren, in Ägypten aufgewachsen – das sei welthaltig. Neben vielen anderen Dingen. Kaukasisch, enigmatisch, orientalisch und einiges mehr. Und selbst wenn die Erzählungen nur vage besprochen wurden, so war da immer noch Selim Hacopian – eingerahmt von Landkarten und Listen seiner Reisen und Tätigkeiten – wie eine fulminante Erzählung für sich.

Und immer weitere Resonanzen. Nun nahezu täglich. Buchtipps, Besprechungen und Bewertungen. Von einem Stern bis fünf Sternen. Von *vielverheißend* bis *hinreißend.* Von *angestrengt* bis *begeisternd.* Aber Besprechungen. Und Worte wie: ein literarischer Frühling und Brücken zwischen den Literaturen. Zwei Schritte nach Osten, zwei Schritte nach Westen, und die ganze Welt verändert sich. Und mein Telefon stand nicht mehr still. Weil immer weitere Nachrichten, Kritiken, Vergleiche, Verweise, Gedanken und Assoziationen zu vermelden waren: Lakonisch, komisch, phantastisch und wieder welthaltig. Oder weltläufig. Oder minimalistisch. Oder einfach nur: Lesen, lesen, lesen! Und wenn fertiggelesen, dann noch einmal lesen.

Lebte und arbeitete in Kairo. So stand es auf dem Buchrücken. Und das las sich wie eine Erklärung, eine Erklärung an die Welt und an mich. 20 Millionen Menschen leben dort. Vielleicht auch 25 Millionen. Keiner weiß das so genau. Jedenfalls ist das eine Stadt. Eine atemberaubende Stadt. Und ich verstand das als Aufforderung, mir darüber einmal Gedanken zu machen, nicht nur über diese Stadt, sondern auch über meine eigene Stadt und über mich selbst.

Kairo für 149 Euro. So stand es im Schaufenster eines Reisebüros. Für einen Moment stand ich unschlüssig. Doch ich buchte nicht. Ich ging weiter. Vielleicht war das ein Fehler gewesen. In der Tat eine Form von Bequemlichkeit. Stattdessen kaufte ich Umschläge … Wozu all die Umschläge, fragte die Verkäuferin. Ohne ihr zu antworten, ging ich nach Hause, Selim Hacopians Buch vor Augen, und steckte eine erste Serie von Erzählungen in einen Umschlag. Ich schickte sie an Selims Verlag. Spätestens jetzt war es an der Zeit. Also schickte ich, mit einem noch nie da gewesenen Gefühl von Gewissheit – oder zumindest ernsthafter Möglichkeiten. Ich schickte. Noch am selben Tag.

Genau sieben Erzählungen schickte ich – so wie Selim Hacopian das getan hatte. Keine Antwort. Auch auf meine späteren Nachfragen nicht. Die Erzählungen spielten in Island und in Schottland – und sie hätten auch an jedem anderen Ort der Welt spielen können. Doch keine Antwort. Dann schickte ich einen Roman. Wieder keine Antwort. Obgleich ich das Kuvert mit Muscheln und Sandkörnern gefüllt hatte. Keine Antwort.

Dafür sah ich Fotos von Pyramiden und Moscheen, zwischen denen sich Selim Hacopians Buch in den Buchhandlungen stapelte. In einem langgezogenen Schaufenster standen bunte Holzkamele. Sie standen auf der Tragfläche eines Flugzeugs. Eine leibhaftige Tragfläche, die sich meterlang durch das Schaufenster erstreckte. Die Kamele darauf wirkten in der Tat kauend, mit Drahtteilen in ihren Mündern. Und einem Lächeln. So als hätten sie diese Tragfläche soeben von dem Flugzeug gebissen. Biss für Biss ein ganzes Flugzeug entzweit.

Später dachte ich daran, einen Bericht in der Art von Selims Leben zu schreiben, in größter Arglosigkeit, mit überbordenden Grammatik-, Rechtschreib- und Satzbaufehlern – vielleicht die Geschichte eines Armeniers, der über die Türkei nach Deutschland kommt oder eines Rumänen, der über Israel in Frankreich landet. Immer neue Reiserouten und Kombinationen. Doch kein Lebenslauf erschien mir so überzeugend wie der von Selim Hacopian.

Würde man ein Buch über ihn schreiben (und manchmal denke ich tatsächlich daran, ein Buch über ihn zu schreiben), dann würde ich zuallererst über die Dritte Person schreiben. Sein Leben, sein Werk vollzieht sich in der Dritten Person. Jede Abhandlung über ihn müsste diesen Umstand hervorheben. Die Grammatik der Dritten Person. Schon der erste Satz, den er in seinem ersten Brief an mich richtete, er vollzog sich in der Dritten Person. *Selim Hacopian hat ein Buch geschrieben.* Und je mehr ich darüber nachdenke, desto mehr komme ich zu dem Schluss, dass sein ganzes Leben sich auf die eine oder andere Art in der Dritten Person ereignet hat. Oder in dritten Personen aufging. Oder von dritten Personen betrieben wurde. Beginnend mit dem ersten Satz: *Selim Hacopian hat ein Buch geschrieben.*

Und ich frage mich, von welchem Buch damals überhaupt die Rede gewesen war. *Selim Hacopian hat ein Buch geschrieben.* Ob dieser Satz irgendeine Basis hatte. Oder einfach nur eine Behauptung gewesen war. Reine Fiktion – oder eine vorweggenommene Wahrheit. Wie so vieles in seinem Leben. Fictio figura veritatis.

Denn der Verlag plante bereits ein weiteres Buch mit ihm, diesmal keine Erzählungen mehr, sondern einen ganzen Roman. *Wir wären glücklich über einen Roman.* Überglücklich. Das Verlangen des Verlages war geradezu hörbar. Bitte einen Roman! Und der Verlag erbat Vorschläge, wenigstens ein grobes Exposé, wie man einen solchen Roman schreiben könnte. Und über welches Thema. Wenn Sie bitte so freundlich wären, uns das gelegentlich mitzuteilen. So der Verlag. Und Selim versuchte sich an einer solchen Mitteilung. Innerhalb von Stunden versuchte er sich daran, schrieb in ersten, sich überschlagenden Sätzen eine Art Exposé, in einem unglaublichen Tempo. *Ich schreibe.* Und er rief mich an, um mir das mitzuteilen. Er schreibe. So wie er noch nie in seinem Leben irgendetwas geschrieben hatte. Später suchte er mich dann auf und zeigte mir das Geschriebene:

Herr Schrieftsteller …

Ob ich vielleicht …

Einen *Blieck* werfen würde …

Nur einen kurzen *Blieck.*

Das Exposé war nichts anderes als sein Lebenslauf. Sein Lebenslauf als Romanhandlung. Und er glaubte, das könnte dem Verlag gefallen, so wie auch ich glaubte, dem Verlag würde das mit großer Sicherheit gefallen.

Er zeigte mir den ersten Satz: *Sohn usbekischer Hirten geboren* … Und er schien glücklich mit diesem Satz. Und er war auf der Suche nach zweiten und dritten Sätzen, deren Sinn er mir grob umriss. Geboren, übergesiedelt und aufgewachsen …

Ob ich vielleicht …

So verstand ich seine Blicke …

Bittende Blicke …

Geradezu zärtliche Blicke …

Ob ich vielleicht ein oder zwei Sätze sprechen könnte. Wenn nicht erste, dann zweite oder dritte Sätze. Und er behielt diesen suchenden Blick, den Blick eines Hundes, der den Kopf zur Seite legt und auf immer weitere Happen hofft. Sehnsüchtig, bittend, dankend. Sätze mitten im Flug aufschnappend. Und noch einen Satz. Und noch einen. Und noch ein allerletzter Satz.

Ich sprach, und er nickte. Ich sprach meine Sätze in gereizter Lustlosigkeit. Eher einzelne Wörter als Sätze sprechend. *Wind, Schnee, Steppe* … Oder wenn Sätze, dann nur dürftige Halbsätze – getrieben von dem Wissen: Niemals werden sie solche Sätze drucken. Niemals! Sätze ohne Adjektive, Sätze ohne

Artikel, Sätze ohne Verben. *Jurte in Steinöde. Maultiere in Schneetreiben* … Speiende Parodien ihrer selbst, die er Wort für Wort (in der Umständlichkeit eines Grundschülers) aufschrieb. Schon der Umstand, dass er diese Sätze allen Ernstes aufschrieb, rechtfertigte ihre Bosheit. Und noch ein Satz. Und noch einer …

Irgendwann stand ich auf und ging.

Ließ ihn alleine sitzen.

Herr Schrieftsteller.

War nicht mehr länger bereit, ein einziges Wort beizutragen. Kein einziges Wort. Oder nur noch gegen Bezahlung. Doch nicht einmal für Geld wollte ich weiter für ihn arbeiten. Ich sah das Grauen all der Sätze, die er bereits geschrieben hatte und die er noch schreiben würde. Falscher Kasus. Falscher Genus. Nicht einmal Konturen einer nachvollziehbaren Rechtschreibung. Warum sollte ich irgendein weiteres Wort dazu beitragen.

Warum.

Ich stand auf und ging.

Und blieb zu Hause.

Und nahm das Telefon nicht ab.

In einer noch nie dagewesenen Entschiedenheit.

Und Endgültigkeit.

Später fragte ich mich, warum ich mich für Selim Hacopian nicht einfach freue. Man könnte sich für ihn ja auch freuen. Ich freue mich für dich. Wenn ich mich schon für *mich* nicht freuen kann, dann wenigstens für dich. Ich freue mich.

Wirklich?

Ja.

Oder ich könnte, wenn ich mich für ihn schon nicht freuen will, oder nicht freuen kann, ich könnte ihn als ein Beispiel sehen. Was heutzutage alles möglich ist. Wenn man es nur versucht, irgendwie möglich zu machen. Ich könnte ihn als eine ernsthafte Chance begreifen. Als eine Art Übermittler dessen, was *ich* ihm ab jetzt diktieren könnte – und ich könnte ihm vieles diktieren: Romane, Erzählungen, Essays und einiges mehr. In seinem Namen könnte ich das diktieren, und unter seinem Name würde das alles irgendwann einmal veröffentlicht werden. In diesen Momenten sah ich ihn als hochgesteigertes Pseudonym, eine Pipeline meiner eigensten Worte, die plötzlich ein großes Ziel finden könnten, einen berühmten Verlag, in dem das *veröffentlicht* werden würde.

Tagträume.

Ich sah ihn als ein Alter Ego, ein zweites Ich, unter besseren, nahezu idealen Umständen (Lebenslaufumstände, Persönlichkeitsumstände), dem ab jetzt, was immer er schreibt, alles zu seinen Gunsten ausgelegt wird, der in der Tat die Freiheit hat, zu schreiben oder sich schreiben zu lassen, was immer er will (beziehungsweise was immer *ich* will) – und damit auch noch durchkommt. Der schreibt oder sich schreiben lässt, wie ich seit Jahren mir das Schreiben eigentlich vorgestellt hatte, als ein Schreiben, das sofort zur Tat wird, eine Daseinsberechtigung bekommt, einen Nachweis antreten darf, eine gewaltige Wirkung entfaltet …

Ich dachte an die vielen Autoren, die in der Tat unter anderem Namen geschrieben haben und die auch in Zukunft noch unter anderen Namen schreiben werden. Ich dachte an Mary Ann Evans, die unter dem Namen George Eliot geschrieben hatte, oder Eric Blair unter George Orwell, oder Julian Barnes unter Dan Kavanagh …

Dass ich Selim Hacopian nun meinerseits aufsuchen würde. Das stellte ich mir vor.

Herr Schrieftsteller!?

Dass ich ihm durch die Stadt folgen würde, auf der Suche nach einem Ort, an dem wir gemeinsam sitzen und arbeiten könnten. Und ich ihm diktieren könnte. Ich würde diktieren und diktieren und diktieren, bis seine Hand schmerzt. Satz für Satz, Kapitel für Kapitel, Roman für Roman. Wo immer diese Romane auch spielen würden, ob nun in Usbekistan, Ägypten oder irgendwo sonst …

Und ich fragte mich: Wer sich dabei wessen

bedienen würde? Ob Selim Hacopian sich meiner oder *ich* mich am Ende nicht eher *seiner* bedienen würde? Wer hier Ursprung wäre und wer hier nur ein Vorwand, eine Funktion, ein Stellvertreter, ein Anhängsel? Wer hier zu wem würde? Ob ich zu ihm? Oder er nicht vielmehr zu mir? Wer zum Beispiel darüber entscheiden würde, mit welchem Satz ein Roman weitergehen könnte? Und mit welchen Worten der Roman enden sollte? Wer das entscheiden würde? Er oder ich? Wer dem Spuk jederzeit ein Ende bereiten könnte? Er oder ich?

Tagträume.

Wunschphantasien.

Hirngespinste.

Und ich wusste das.

Und Selim Hacopian wusste das auch.

Er war mit seiner Frau mittlerweile in eine größere Wohnung gezogen. Die Kamelgeschichten waren nun seit einigen Monaten veröffentlicht, ein einziger Rausch an Tempo, an Zustimmung, an Begeisterung. Worte wie: Kulturbrücken. Verständigung der Literaturen. Postmoderne. Keine gewöhnliche, sondern eine orientalische Postmoderne. Und die Frage: Wann er nur auf die Idee gekommen sei? Ein solches Buch zu schreiben? Ein Buch wie das seine. Und wie lange er an ihm geschrieben habe? Und welcher Satz ihm darin am besten gefalle? Und vieles mehr.

Wenn ich in die Stadt ging, dann wartete ich darauf, dass er mir, aus irgendeiner Seitenstraße hervorkommend, vielleicht begegnen würde. Ich wartete auf den Ruf: *Herr Schrieftsteller*. Doch ich hörte diesen Ruf nicht. Er kam mir von nirgendwo mehr entgegen. Wenn wir uns trotzdem irgendwo sahen, dann war es nicht *er*, der mich entdeckte, sondern ich, der ihn erspähte. Ohne mich zu bemerken, lief er vor mir her. Er trug neue Kleider, einen Kricketpullover und einen Blazer. Oder ein Jackett. Oder durchlöcherte Jeans, die man mit all den Löchern und Schlitzen in einer besonderen Boutique kaufen kann. Er trug Stiefel dazu, in der Art von Cowboystiefeln, die ihm einen neuen Gang verliehen. Den Gang eines Westernhelden. In lässiger Bereitschaft. Ein Abschreiten. Mit erhobenen Schultern und pendelnden Armen. Hier bin ich. Hier.

Wenn ich neben ihm herlief, dann gerieten meine Schritte durcheinander. Ein Stolpern, ein Vorauseilen, ein Nacheilen. Immer zu schnell oder zu langsam. Ich erlebte, wenn ich in seiner Nähe war, immer weitere Begrüßungen, und wenn nicht Begrüßungen, dann Blicke, Männerblicke und Frauenblicke. Herr Schriftsteller! Mit diesen Worten wurde er angesprochen. Man habe ihn gesehen, erst vorgestern habe man ihn im Fernsehen gesehen, oder man habe ihn zumindest gehört, im Radio, oder man habe von ihm gelesen, in den Zeitungen. Das sei ja allerhand. Außergewöhnlich und allerhand. Sein Abwiegeln und Verweisen auf bevorstehende Lesereisen. Er sagte immer noch *Leserreise*, doch es waren gerade diese Verschiebungen in seiner Sprache, die man mochte, die man als Beweis für seine wachsende Berühmtheit sah.

Seine Stimme überschlug sich, wenn er aus den Kamelgeschichten nun öffentlich las. Er las in Buchhandlungen und in Büchereien, landauf, landab. Eine Professorin für Schauspiel erteilte ihm Sprechunterricht, mehrere Male in der Woche. *Da du dir doch den Dank durchdacht, den Dido durch den Dolch dort duldet*. Derartige Übungen machte sie mit ihm, die er mir mit großen Mundbewegungen vortrug. Vielleicht war *sie* es gewesen, die seine Art zu lesen immer weiter formte: Auf jeden einzelnen Buchstaben eines Wortes insistierend, manche Vokale dehnend, andere in die Höhe treibend, so als wäre jeder einzelne Laut ein eigener Gipfel, auf dem man sich niederlässt oder eine Fahne hisst, um von dort aus die Welt in den Blick zu nehmen. Hier bin ich. Hier spreche ich. Hier sprechen meine Worte. Sie sprechen in steilen Serpentinen zu sich selbst, hinauf zu einsamen Gipfeln, und sie lassen sich dann wieder herab. So las er aus seinen Erzählungen. Die Worte selbst schienen nicht mehr wichtig angesichts seiner Vortragsweise. Man hörte kaum zu. Man staunte vielmehr über so viel Betonung. Jeder Buchstabe ein Gipfel. So las er. Als wollte er von dem Gelesenen eigentlich ablenken. Vor lauter Betonung. Und Pausen. Er machte bei seinen Lesungen immer längere Pausen, erhob sein Wasserglas und trank, zunächst nach bestimmten Paragraphen, später dann nach einzelnen Sätzen oder mitten in einem Satz, wenn nicht gar mitten in einem Wort, auf dem Gipfel einer ausgedehnten Betonung. Er schaute auf, schluckte, schien ernsthaft berührt, von den eigenen Worten bewegt, griff zum Glas, trank, betupfte seine Lippen mit einem Taschentuch und las weiter. So als wollte er uns den vollen Ernst von all dem bedeuten. So las er. So reiste er von Buchhandlung zu Buchhandlung. So stand er, wenn er wieder zu Hause war, auf der Terrasse seiner neuen Wohnung. Sie lag nun nicht mehr unten in der Stadt, sondern am Hang, am Ende einer von zahllosen Serpentinen in die Höhe getriebenen Straße. Er feierte mit Gästen, die neben ihm auf der Terrasse standen oder durch den Garten flanierten.

Woran er gerade schreibe?

Wann er wieder auf Lesereise gehe?
Wie er zum Konjunktiv stehe?
Fragen zu Transnationalität und Literatur.
Globalisierung und Ironie.
Gentechnik und Lyrik.
Sein neuer Roman.
Wie der Titel laute?
Er wusste es nicht.
Wie bitte?
Er wusste es nicht.
Er hatte den Titel bereits vergessen.
Und man lachte beherzt.
Über sein Wissen und Nicht-Wissen.
Und über seine Antworten.
Er sei Minimalist.
Wie bitte?
Minimalist.
So sagte er es.
Zu jeder zweiten Frage.
Minimaliest.
Die Unglaublichkeit von all dem.
Seine Nonchalance und sein Scharfsinn.
Und seine Welthaltigkeit.
Man aß Lammkeule.
Und Kamelfleisch.
Von einem Metzger aus München.
Und reichte Zahnstocher.

Und fragte: Was ihm Ruhm bedeute?

Ruhm?

Ja, Ruhm.

Es bedeute, früher als andere einen Termin beim Zahnarzt zu bekommen.

Und man lachte.

Magischer Humor.

Und Schlagfertigkeit.

Und so viele Möglichkeiten.

Und Schauspielfähigkeiten.

Ob er früher wirklich einmal Napoleondarsteller gewesen sei?

Ja.

Dass er Napoleon in der Tat ein wenig ähnlich sehe.

In der Tat.

Nicht nur ein wenig.

Worte wie Napoleongesicht, Napoleon der Literatur, Napoleon in Ägypten, Napoleon gegen den Rest der Welt.

Du bemitleidest dich, sagte Konstanze, eine alte Freundin, die mich – nach langer Zeit – plötzlich wieder anrief. Ganz unvermittelt war sie am Telefon. Einfach so. Um meine Stimme zu hören. Wie sie sagte. Da sie so lange nichts mehr von mir gehört habe. Du bemitleidest dich, sagte sie, nachdem ich ihr das alles erzählt hatte. Und ich antwortete:

Wer sonst.

Wie bitte?

Wer sonst.

Wenn nicht ich.

Und sie schwieg. Und sie gab mir den Rat, mit Selim Hacopian doch einmal offen zu sprechen, über all das, was ich in den letzten Jahren für ihn getan hatte. Man könne das doch nicht einfach so auf sich beruhen lassen. All die Arbeit. Als wäre das alles nichts, nur eine Bagatelle oder ein Freundschaftsdienst. Und ich schwieg. Und für einen Moment war ich in der Tat entschlossen, mit ihm – oder wenn nicht mit ihm, so doch zumindest mit seiner Frau – offen über all das zu sprechen. Bei nächster Gelegenheit. Wenn ich ihn aufsuchen würde, und es gab tatsächlich noch Momente, da ich ihn sah oder ihn in seiner neuen Wohnung aufsuchte, und sei es nur als entfernter Gast oder Beobachter. *Herr Schrieftsteller.* Er begrüßte mich immer noch euphorisch. *Herr Schrieftsteller.* Berichtete von all dem, was sich in den letzten Monaten ereignet hatte – und es ereignete sich viel, jedes Mal mehr. Er zeigte mir all die Taschenbuch- und Hörbuchausgaben. Oder die vielen Briefe, die man ihm geschrieben hatte, von gewöhnlichen Lesern, aber auch von berühmten Autoren, die ihn befragten – und er wurde immer häufiger befragt. Zu seinem

Leben. Zu seinem Schreiben. Zu seinen Ansichten. Und zu einigem mehr.

Manche dieser Briefe verstand er gar nicht. Immer deutlicher merkte ich, wie oft er etwas nicht wirklich verstand. Meist dann, wenn er müde war. Es waren gerade die nichtssagenden oder die unscheinbaren Wörter, die ihm die größten Probleme bereiteten. *Gehab dich wohl.* Er kannte *haben* und *gehabt* und *wohl*, aber nicht: *Gehab dich wohl.* So wenig wie er *toi, toi, toi* verstand. Man hätte vieles darunter verstehen können: ein Lob, eine Aufforderung oder einen Tadel. Oder eine Kurzform für Toilette. Er verstand das nicht. So wie er auch die Redewendungen nicht immer einordnen konnte. *Nägel mit Köpfen.* Was das miteinander zu tun haben könnte, Nägel und Köpfe. Er wusste es nicht. Oder: *Das kriegen wir schon gebacken.* Er verstand das buchstäblich. Als wollte man ihm etwas backen.

Während er die schwierigen, die abstrakten oder verschrobenen Formulierungen wiederum zu deuten wusste, oftmals besser als die kurzen, die banalen, die alltäglichen Mitteilungen. Mancher Brief, den er las, kippte für ihn von einem zum nächsten Satz plötzlich um: in reine Unverständlichkeit.

Herr *Schrieftsteller* …

Er war ratlos.

Er verstand das nicht.

Und rief mich an.

Oder seine Frau kam und zeigte mir manche dieser Briefe: Bittbriefe, Dankesbriefe, Gedankenaustauschbriefe und andere Briefe. Hinzu kamen die ständigen Mails seines Verlages. *Wir hätten da eine Frage.* Nichts beunruhigte ihn mehr als das Wort Frage. Wenn die Fragen kein Ende nahmen. Wenn die Briefe des Verlages dabei merklich ungeduldig wurden: Was denn nun sei? Man *harre* einer Antwort. Er verstand das Wort *harre* nicht. Manchmal versuchte er sich selbst an notdürftigen Antworten. Er schrieb Kurz- und Kürzestbriefe. Nur aus Halbsätzen oder einzelnen Wörtern bestehend. Oder aus losen Wortfolgen. So als wäre jedes Wort ein Scherz oder ein Dada-Gedicht. Und wieder ein Brief vom Verlag. *Wenn Sie uns das bitte noch mitteilen würden.* Und er teilte es mit. Oder versuchte es mitzuteilen. Bis eine Verlagsfrau bei ihm anrief und sagte: *Man versteht das ja gar nicht.* Und er antwortete: Er verstehe es ja auch nicht. Und sie lachten.

Und immer weitere Anfragen. Ein literarisches Kochrezept, das er schreiben sollte. Oder einen Essay über den Zustand der deutschen Literatur. Bis zum nächsten Mittwoch. Wenn das möglich wäre. Einen solchen Essay zu verfassen. Dazu ein literarischer Fragebogen, der beantwortet werden musste. *Welche Landschaft inspiriert Sie am meis-*

ten? Oder ein Prosagedicht. Und wieder Lesereisen. Und Besprechungen seiner Bücher, gefolgt von weiteren Auflagen sowie einem Sonderdruck der Kamelgeschichten, mit Bildern versehen sowie mit Kamelplüschtieren. Zu jedem Sonderdruck gab es ab jetzt ein eigenes Kamelplüschtier, in unterschiedlichen Farben und Größen. Sie lagen zusammen mit jedem Exemplar eingeschweißt. Dazu weitere Übersetzungen und Stipendien und Literaturpreise und eine Kinderbuchausgabe, gefolgt von einer Brettspielversion und einem Computerspiel sowie einem Video-Book und einer 3D-Book-Ausgabe – und immer weitere Lesungen, an ausgesuchten Orten: Literaturhauslesungen und Theaterlesungen und Autogrammstunden in einem Paternoster, und weiter steigende Verkaufszahlen, und die Frage seines Verlages nach seinen Plänen (Urlaubspläne, Reisepläne, Schreibpläne) und nach seinem Befinden und nach so vielem mehr …

Er fügte sich in all das. Oder er nahm es für bare Münze, als etwas ihm Gemäßes und Zustehendes, weit entfernt von irgendeinem Zufall oder einer Übertreibung. So wie die meisten Menschen eine unerwartete Wendung zum Guten irgendwann für bare Münze nehmen. Er nahm es als etwas Unvermeidliches hin, das so ist, weil es eben so ist oder schon immer so war. Oder gar nicht anders sein kann. So jedenfalls verstand ich den achselzuckenden Ausdruck seiner Arme.

Ich fragte ihn, ob er Christophero Sly kenne?

Wen?

Christophero Sly.

Nein, er kannte ihn nicht.

Christophero Sly ist eine Gestalt in einer Shakespearekomödie, von grotesker Unbildung und Ahnungslosigkeit. Irgendwo auf der Straße findet man ihn auf, völlig heruntergekommen, und man überhäuft ihn mit allen denkbaren Insignien des Hervorragenden und Großartigen. Einfach so. Aus reinem Spaß. Spaß an der Entflammbarkeit menschlicher Eitelkeit – und an ihrer Lächerlichkeit. An einem Winzling namens Christophero Sly praktiziert. Mit wenigen Handgriffen macht man ihn zu einem neuen Menschen, kleidet ihn pompös, bettet und parfümiert ihn, und bedeutet ihm:

Er sei Lord.

Lord?

Nie etwas anderes gewesen.

Als was?

Als ein Lord.

Wirklich?

Ja.

Lord?

Unbedingt.

Oder ist das nur ein Traum?

Nein.

Kein Traum?

Aber nein!

Und schon innerhalb von Minuten ist er selbst es, der von all dem überzeugt ist: Bei meinem Leben. Ich bin es. Ich bin in der Tat Lord. War nie etwas anderes. Und werde nie wieder etwas anderes sein.*

Er erhielt einen Brief von einem indischen Autor, der in Oxford studiert hatte und nun in Deutschland lebte. Ob das etwa nichts sei!? Indien, Oxford und jetzt Deutschland. So der Unterton. Ob das etwa nichts sei!? – an geographisch-biographischen Bezügen und Kombinationen. Gefolgt von einem Autor aus Halifax und einer Schriftstellerin aus Südtirol. Autoren über Autoren, die bei ihm anfragten, Lebensläufe schickten oder einfach nur Geburts- und Wohnorte auflisteten: Paris, Berlin, Moskau, Nairobi, Genfer See, Bozen, Marseille, Sewastopol, Istanbul … Wie Trumpfkarten.

Man forderte ihn auf, sich zu äußern, zu allen möglichen oder unmöglichen Themen. Ob nun zu Fußball, Delphinen oder Politik. Er sollte sich

* William Shakespeare, *The Taming of the Shrew*. Szene 1.

äußern. Er sollte sich bekennen. Oder man erbat seine Teilnahme an öffentlichen Schreibperformances. Wie ein Schriftsteller – jenseits des eigenen Schreibtisches – in aller Öffentlichkeit schreibt, nicht irgendwo schreibt, sondern an exponierten Orten, in Flugzeugen, auf Bühnen oder unter einem Sonnenschirm auf einem Marktplatz sitzend, umgeben von Kameras und Schildern, auf denen steht: Er schreibt. Was immer er gerade sieht. Was immer er gerade hört oder denkt oder träumt. Er schreibt. In aller Unmittelbarkeit und Tatsächlichkeit schreibt er. Gerade jetzt. Vor aller Augen. Live. Und man kann es Wort für Wort sehen und später auch nachlesen. So wurde es ihm angetragen. Und Selim blickte mich mit einem ratlosen Ausdruck an, so als wollte er sagen: Wie das gehen soll – in aller Öffentlichkeit zu schreiben. Wort für Wort. Wie das gehen soll. Und wir sprachen nie wieder davon.

Was das Geheimnis sei? Das wurde er gefragt. Vor laufenden Kameras in einem Fernsehstudio wurde er das gefragt: Was ist das Geheimnis? Eine Zuschauerin aus dem Off fragte das. Womöglich eine Schriftstellerin. Sie meinte das Geheimnis seiner Bücher. Sie fragte mit einem drängenden, sehnsüchtigen, geradezu verzweifelten Ton: Was ist das Geheimnis? Bitte sagen Sie es mir!

Und er sagte es ihr.

Er sagte so etwas Ähnliches wie: Ein langer Weg. Ein allmähliches Ankommen. Viel Geduld. Ein wenig Glück und Beharrungsvermögen. Und Arbeit.

Wie bitte?

Arbeit.

Sehr viel Arbeit.

Zum Beispiel Arbeit an einem Lebenslauf. Es geht um die Wirkmacht eines fulminanten Lebenslaufs, den jedermann schreiben kann, mit allen Mitteln der Literatur – gewissermaßen als angewandte Literatur oder als vorweggenommene Literatur, die etwas bewirkt, bevor irgendein anderer literarischer Satz geschrieben werden muss. Oder geschrieben werden darf. Ein solcher Lebenslauf ist kein Nebenbei oder Anbei, sondern ein Hauptstück, ein Lebenswerk, ein Hasardstreich, eine offene Tür, durch die man schreiten kann, ja, schreiten muss …

Und zum ersten Mal seit Jahren betrachtete ich meinen eigenen Lebenslauf. So wie man – nach vielen Jahren – zum ersten Mal wieder sein Spiegelbild betrachtet. Ein Spiegelbild, das man nicht mehr länger hinnimmt, sondern mit allen Mitteln zu verändern versucht. So auch meinen Lebenslauf: Geburt, Abitur, Studium, Magister … In der Tat ein dünner, ein farbloser, ein blasser Lebenslauf. Ohne Zug und Vorwärtsdrang. Ohne Botschaft. Ohne Höhepunkte, Fixpunkte oder Wendepunkte. Ein Lebenslauf, durch den man hindurchblickt, wie durch ein Zugfenster, ohne aufzumerken oder irgendetwas festzuhalten. Wer will so etwas lesen, geschweige denn veröffentlichen.

Also begann ich (wenigstens in Gedanken) an dem Lebenslauf zu arbeiten, zum Beispiel den Geburtsort zu verändern. Geboren 1967 in London. Wie schnell das geschrieben ist. London. Oder wenn nicht London, dann Rom oder Hongkong. Und welche Welten sich dabei auftun, umfassende, sich ausbreitende Welten. Und dieses Leben nach einem solchen Auftakt nicht gleich ins Mittelmaß abgleiten zu lassen, sondern in einer ständigen Abweichung zu halten: Besuch deutscher und britischer Schulen, auf der ganzen Welt, von Kabul über Alexandria bis nach Kapstadt. Wohnorte und Geburtsorte. Und wieder Wohnorte. Es geht um die Schlagkraft von Wohnorten. *Lebt und schreibt in Hiroshima.* Der ganze Schrecken eines einzigen Wortes, Hiroshima. Jedes Wort ist ab jetzt ein Ort. Und jeder Ort ein Wort. Ort für Wort, Wort für Ort. Ortsworte und Wortorte. Das ist ein Lebenslauf! Nebst anderem: Ausbildung für Schauspiel und Regie am Max Reinhardt Seminar. Gabelstaplerfahrer. Bauarbeiter. Rockmusiker. Gleitschirmflieger.

Lesereise mit dem Fahrrad nach Novosibirsk. Gefängnisstrafe wegen Pazifismus in Minsk. Übersiedlung nach Kiew. Verlobung mit einer Nachfahrin Friedrich Schillers. Hochzeit, Scheidung, Umzug, Rückzug – weiter so! Stadtschreiberstelle der UNESCO in Bagdad. Alpenüberquerung mit einem Skateboard. Schuhwurf bei einer Monetarismuskonferenz in St. Moritz …

Konstanze, die bei mir angerufen hatte, sie kam mich nun tatsächlich besuchen, um nach mir zu sehen, da sie, wie sie sagte, in Sorge sei …

Um wen?

Um dich.

Um mich?

Ja, um dich.

Ich hätte abgenommen, sagte sie. Sie meinte das nicht als Kompliment, sondern sagte es mit einem Ausdruck von Traurigkeit. So als wäre ich nur noch Haut und Knochen. Nicht mehr ich selbst. Sie fragte:

Was mit meinen Büchern sei?

Mit meinen Büchern?

Die sie vergeblich in Buchhandlungen gesucht hatte, da sie eines hatte kaufen wollen. Doch sie waren alle vergriffen oder nicht mehr lieferbar. Als würde es diese Bücher schon gar nicht mehr geben. Und das beunruhigte sie, und ich erklärte ihr:

Das sei nur vorübergehend. Lieferprobleme. Obgleich ich wusste, dass dem nicht so war, dass die Bücher tatsächlich vergriffen und nicht mehr lieferbar waren und auch in der nächsten Zukunft nicht mehr lieferbar sein würden. So wie es auch ansonsten kaum etwas Neues von mir zu berichten gab: weder von Lesungen noch von Lesereisen – auch keine Nachrichten zu neuen Büchern. Gibt es denn keine neuen Bücher?

Nein, es gab keine neuen Bücher.

Nicht einmal mehr alte Bücher.

Ich war in der Tat ratlos, was denn nun geschehen sollte. Oder geschehen könnte. Zum ersten Mal in meinem Leben war ich wirklich ratlos, war sogar im Inneren eines Job Centers gewesen – zu einem Informationsgespräch, mehr war es gar nicht gewesen. Nur ein Informationsgespräch. Was ich jetzt tun könnte?, hatte ich gefragt. Ganz allgemein und unverbindlich. Ich hatte das an einem ersten Schalter gefragt, dann an einem zweiten Schalter und schließlich in einem eigens für diese Frage vorgesehenen Zimmer. Was ich jetzt tun könnte? Und man hatte das Fenster geschlossen und Stühle zurechtgerückt und nach langem Schweigen geantwortet:

Nichts.

Wie bitte?

Nichts.

Dass ich nicht vermittelbar sei, so die Antwort.

Nicht vermittelbar *in* und auch nicht vermittelbar *mit* einem Beruf wie dem des Schriftstellers – und auch in keinem anderen Beruf. Unvermittelbar. In jeder denkbaren Hinsicht. Worte wie: *irreversibel, zu alt, zu spät* … Und noch einiges mehr. Sie sprachen wie Ärzte zu einem Patienten. *Hätten Sie mal nur … Wären Sie mal nur* … Alles eine Frage von *Nurs*. Begleitet von der Bemerkung: Es wäre ja nicht unbedingt notwendig gewesen …

Nicht notwendig gewesen?

Ausgerechnet Schriftsteller zu werden. Das wäre ja nicht notwendig gewesen. Ich hätte doch vieles werden können, nur nicht gerade Schriftsteller. Und ich saß schweigend. Und als ich ihnen dann doch irgendwann den Namen Selim Hacopian nannte und sie fragte, ob er denn kein überzeugendes Beispiel sei für das Gelingen eines solchen Berufs, da sagte man mir: Das sei etwas anderes. Er sei in der Tat ein beachtliches Beispiel. Doch er sei ja nicht ich, und ich sei nicht er.

Ich war nach Hause gegangen, mit dem Bild einer Bergwand, einer gewaltigen Wand, in die ein Bergsteiger steigt, in dem Glauben, man könnte eine solche Wand durchaus besteigen, wenigstens bis zu einem gewissen Grad, um dann irgendwann, nach einem endlosen Aufstieg, an einen Punkt zu kommen, wo es nicht mehr weitergeht, weder vor noch zurück. Weil es nur noch steil ist. Wohin man auch blickt. Abgrundtief steil. Keine Felsvorsprünge, keine Einbuchtungen oder Vertiefungen mehr, an denen man sich noch halten könnte. Kein Weitersteigen scheint mehr möglich, und auch kein Absteigen oder Zur-Seite-Steigen. Verstiegenheit ist das Wort. Die Verstiegenheit eines Bergsteigers, der in eine Wand steigt und sich mit der Zeit immer mehr versteigt, je weiter er seiner verstiegenen Lage zu entsteigen versucht. So hängt er in den Seilen, ohne einen Rückweg, allenfalls von Ferngläsern aus entfernten Liegestühlen betrachtet …

Mit derartigen Bildern war ich nach Hause gegangen, und in derartigen Bildern sprach ich nun mit Konstanze. Eine Wand. Eine furchterregende Wand. Weshalb man also gar nicht anders kann, als weiterzumachen. Selbst wenn es nicht mehr weitergeht. Weitermachen. Irgendwie weitermachen. Wenn nicht mit mir selbst, dann eben mit einem Menschen wie Selim Hacopian. Was immer im Einzelnen das auch heißen mag: Blicke werfend. Diktierend. Redigierend. Oder einfach nur in seiner Nähe bleibend. Bis sich die Lage wieder gebessert hat.

Gebessert hat?

Ja, gebessert hat.

Sie fing damit an, Aschenbecher zu leeren und Flaschen aus der Wohnung zu tragen und einzelne Teller abzuspülen. Konturen einer Ordnung, die sie herzustellen versuchte. Den Kühlschrank, den sie abtauen wollte. Begleitet von ihrer Verwunderung über die Winzigkeit meiner Wohnung. Sie konnte sich nicht daran erinnern, dass meine Wohnung derart klein war.

Ich dachte daran, wieder zu schreiben.

Nach Jahren wieder etwas zu schreiben.

Ich meinte: selber, für mich selbst und für niemanden sonst. Und sie schaute mich an, so als wären das erste Anzeichen einer Genesung oder Besserung.

Zum Beispiel Rezensionen schreiben.

Rezensionen?

Ja, Rezensionen.

Rezensionen über Selim Hacopians Bücher.

Und ich erklärte ihr, was man mit einer solchen Rezension in aller Beiläufigkeit zum Ausdruck bringen könnte, dass hier ein Autor schreibt, der eigentlich gar nicht schreiben kann – jedenfalls nicht auf Deutsch. Kein Schüler könnte mit einem solchen Deutsch einen Aufsatz schreiben oder ein Abitur bestehen – oder auch nur eine Mittlere Reife. Oder irgendeine andere Prüfung bestehen. Kein Schüler könnte das.

Ihr schien das ohne Bedeutung. Er müsse ja auch keine Prüfung bestehen. Weder eine Mittlere Reife noch ein Abitur oder sonst irgendeine Prüfung. Und sie gab mir den Rat, von ihm abzulassen, ihn zu vergessen, meine eigenen Wege zu gehen, mich nicht immer weiter hineinzusteigern. Doch ich steigerte mich immer weiter hinein. Ich sagte ihr:

Eine neue Literaturepoche.

Wie bitte?

Eine neue Literaturepoche.

Nach Sturm und Drang, Aufklärung, Romantik, Naturalismus, Expressionismus, Realismus, Neorealismus – nun also Curricularismus oder Curricularer Vitalismus.

Es geht um die Durchschlagskraft eines imposanten Lebenslaufs. Ein Autor lebt heute nicht mehr von seiner Sprache oder von einer Leidenschaft oder einer Idee, sondern von einem Lebenslauf. Von nichts sonst. Das Geschriebene ist nur noch eine Begleiterscheinung, eine Nebensache.

Doch für sie war das keine Frage von Curricularismus oder Curricularem Vitalismus, sondern nichts anderes als Wahllosigkeit und Zufall. Wie fast alles im Leben. Wahllosigkeit und Zufall. Der eine im Glück, der andere im Pech. Der eine am Leben, der Nächste bereits tot, oder erst gar nicht geboren. Wer habe je behauptet, das Leben sei gerecht …

Ich hatte es behauptet.

Wie bitte?

Ich hatte es behauptet.

Und ich setzte mich an meinen Schreibtisch, um darüber zu schreiben. Und sei es nur über die Frage, ob ein gefeierter Autor nun schreiben kann oder nicht.

Wen würde das interessieren, fragte sie.

Wie bitte?

Niemanden würde das letztendlich interessieren, sagte sie, ob ein Autor nun schreiben kann oder nicht. So als wäre eine solche Frage ohne jede Bedeutung, kaum gewichtiger als die Frage, ob ein Autor nun schwimmen kann oder nicht.

Doch es waren genau diese Sätze, die mich dazu bewogen, über die Bedeutung einer solchen Frage nachzudenken. Ob ein Autor nun schreiben kann oder nicht. Und je länger ich an meinem Schreibtisch saß, um das niederzuschreiben, desto mehr wandelte sich diese Frage zu einer ganzen Erzählung. Zumindest zu einer ersten Fassung einer solchen Erzählung, die das, was ich mit Selim Hacopian erlebt hatte, festhalten wollte, von Anfang an. Wie Selim Hacopian sich an mich gewendet hatte: *Selim Hacopian hat ein Buch geschrieben.* Wie er sich buchstäblich *an mich* geheftet hatte. Wie wir jahrelang zusammen im Caféhaus gesessen hatten. Wie sein kleiner Rucksack immerzu dabei gewesen war. Wie Selim immer wieder aufs Neue Blätter aus dem Rucksack gezogen hatte, zusammen mit dem Satz: Ob *Herr Schrieftsteller* vielleicht einen kurzen *Blieck* werfen könnte. Eine solche Erzählung sollte man schreiben. Eine Art Requiem auf die Literatur. Vielleicht sogar eine kleine Novelle. Warum sollte man sie *nicht* schreiben. Und man könnte eine solche Novelle (warum keine Literaturnovelle) einem Verlag schicken, nicht irgendeinem Verlag, sondern genau seinem Verlag …

Konstanze: Der Verlag würde das nicht einmal lesen. Und auch wenn er es lesen würde, er würde es nicht glauben. Und selbst wenn er es glauben sollte, es wäre ihm völlig egal.

Egal?

Jawohl, egal.

Ich begann die Novelle trotzdem zu schreiben, gegen ihren Rat. Sie beginnt mit dem Satz: *Was hier erzählt wird, ist keine Fiktion. Alles ist wahr, oder bewegt sich zumindest nahe an der Realität. Abweichungen des Erzählten von wirklichen Begebenheiten oder wahren Verhältnissen wären also rein zufällig – oder ein letzter Tribut an die Literatur.*

Und ich steckte, nachdem ich die Novelle geschrieben hatte (sie trägt den Titel: *Einen Blick werfen, Literaturnovelle*), und ich steckte sie in bereitgelegte Umschläge und begann, sie an Verlage zu schicken, an alle mir bekannten oder irgendwie denkbaren Verlage, auch an Selim Hacopians eigenen Verlag, den Verlag mit dem erhabenen Wappen. Was immer sein Verlag dazu sagen würde – ich schickte. Wie immer der Verlag dazu stehen würde. Ich schickte. Und ich erwartete gespannt die Reaktionen …

Schon am nächsten Tag erhielt ich die Antwort. Sie bestand aus zwei Wörtern: *Mehr davon!*

Tod des Autors
Nachwort

Tod des Autors. Das ist ein geflügeltes Wort des französischen Strukturalismus, wonach literarische Texte auch ohne einen identifizierbaren Autor bestehen können, dass die Absichten eines Autors beim Schreiben eines Werkes keine wirkliche Rolle spielen, dass Autoren von literarischen Texten nichts verstehen, am wenigsten von ihren eigenen Texten, dass sie bei der Deutung ihrer Texte nur stören und im Wege stehen, dass sie in jeder Hinsicht verzichtbar sind. Der Text ist das Eigentliche, der Autor nur eine Randerscheinung. Statt auf einen Autor zu verweisen, verweist der Text auf eine Vielzahl von anderen Texten, die auf wieder andere Texte verweisen oder andere Texte erzeugen, in einer Welt, die nichts anderes ist als eine endlose Abfolge von Texten: Prätexte, Intertexte, Hypertexte, und so weiter und so fort … So der Stand vor etwa zwanzig Jahren.

Heute, im 21. Jahrhundert, ist der Autor nicht mehr tot. Er erfreut sich größter Präsenz und Lebendigkeit. Er ist nicht mehr länger ein notwendiges Übel des eigenen Textes. Fast scheint es umgekehrt: Der literarische Text ist nur noch ein Abglanz des Autors, der immer allgegenwärtiger wird, sei es nun als Begriff oder als Bild, zum Beispiel als Inbild reinster Jugend und sprachloser Schönheit, die sich auf zahllosen Verlagsprospekten mitteilt, dass hier eine Autorin oder ein Autor ist, der durch sein bloßes Dasein besticht, noch bevor eine einzige Zeile überhaupt geschrieben oder gelesen ist. Es wird hier eine betörende Paradoxie zelebriert: Eine Autorin/ein Autor – und noch so jung und so betörend, unerwartet, unbegreiflich betörend. So als handle es sich hier um einen performativen Widerspruch von größter Tragweite, um eine avantgardistische Großtat. Und wenn der Autor nicht betörend ist, dann zumindest interessant, wenn schon nicht das Gesicht, so doch wenigstens die Vita: in Usbekistan geboren, in Montenegro (oder vielleicht besser noch in Pakistan) aufgewachsen, in Ägypten wohnhaft, dort Napoleondarsteller im Fernsehen, später Abt in einem koptischen Kloster … Leuchtende Beispiele fulminanter Lebensläufe, an denen sich Durchschnittsautoren ein Beispiel nehmen können. Der Lebenslauf ist immer öfter der eigentliche Roman, der Autor immer mehr das eigentliche Kunstwerk. Gemäß dem Satz von Oscar Wilde, das Talent nicht in die Kunst zu stecken, sondern ins Leben. Es gilt der Primat des Tatsächlichen über das Fiktive, des Biographischen über das Erfundene, des Lebens über die Kunst. Der literarische Text ist ein Dokument gelebten Lebens. Mehr noch: Er ist durch kaum mehr etwas anderes legitimiert als einzulösen, was Klappentexte und Verlagsprospekte an Biographischem verheißen: Aufgewachsen in Nepal – also Berge. In Kuba gelebt – also Revolution und Zigarren. Hinwendung zum Hinduismus – also Hinduismus.

Vom Tod des Autors kann also kaum die Rede sein. Wenn (angesichts so viel auktorialen Lebens) überhaupt ein Tod stattfindet, dann ist es der *Tod des literarischen Textes*. Er ist nur noch ein Restposten, ein Postskriptum, ein Schatten seiner selbst. Oder vielmehr ein Schatten des Autors, der bereits gesetzt ist, bevor von einem literarischen Werk überhaupt die Rede sein muss. Nicht das literarische, sondern das menschliche Artefakt ist der Dreh- und Angelpunkt: der Autor, seine Jugend, sein Gesicht, seine Geschichte und so vieles mehr … Das Ereignis ist nicht das Buch, sondern der Autor, und sei es nur das Ereignis eines betörenden Gesichts, das eines Morgens im Frühstücksfernsehen erscheint.

Der zeitgemäße Autor erweist sich, bevor irgendetwas anderes erwiesen werden muss, zunächst einmal durch einen eindrucksvollen Lebenslauf: gespickt mit exotischen Geburts- und Wohnorten, dramatischen Höhe- und Wendepunkten – und einigem mehr. Man schreibt heutzutage Lebensläufe immer mehr wie Romane, und Romane zunehmend wie Lebensläufe – bis eines Tages ein Brief von einem renommierten Verlag kommen wird, in dem stehen wird: »Langsam finden wir an Ihrem Lebenslauf durchaus Gefallen. Der Aufbau, die Wendepunkte, die Reisen und die Abenteuer. All das finden wir gut inszeniert. Natürlich muss man an dem einen oder anderen Punkt noch feilen.«

Aus: Joachim Zelter, in:]trash[pool, Heft 1, Februar 2011, 54–55.

Anmerkung

Den Dialog über das Selbstmitleid auf Seite 80 und 81 verdanke ich Ernst Steffen, *Gedichte, Aphorismen und Notate*.

Ich danke Simone Adams, Gisela Merker und Petra Wägenbaur für die Ermutigung und für die kritisch-freundliche Durchsicht des Manuskripts.